ホワイト
ルーキーズ3

佐竹アキノリ

White Rook

Akinori Satake

contents

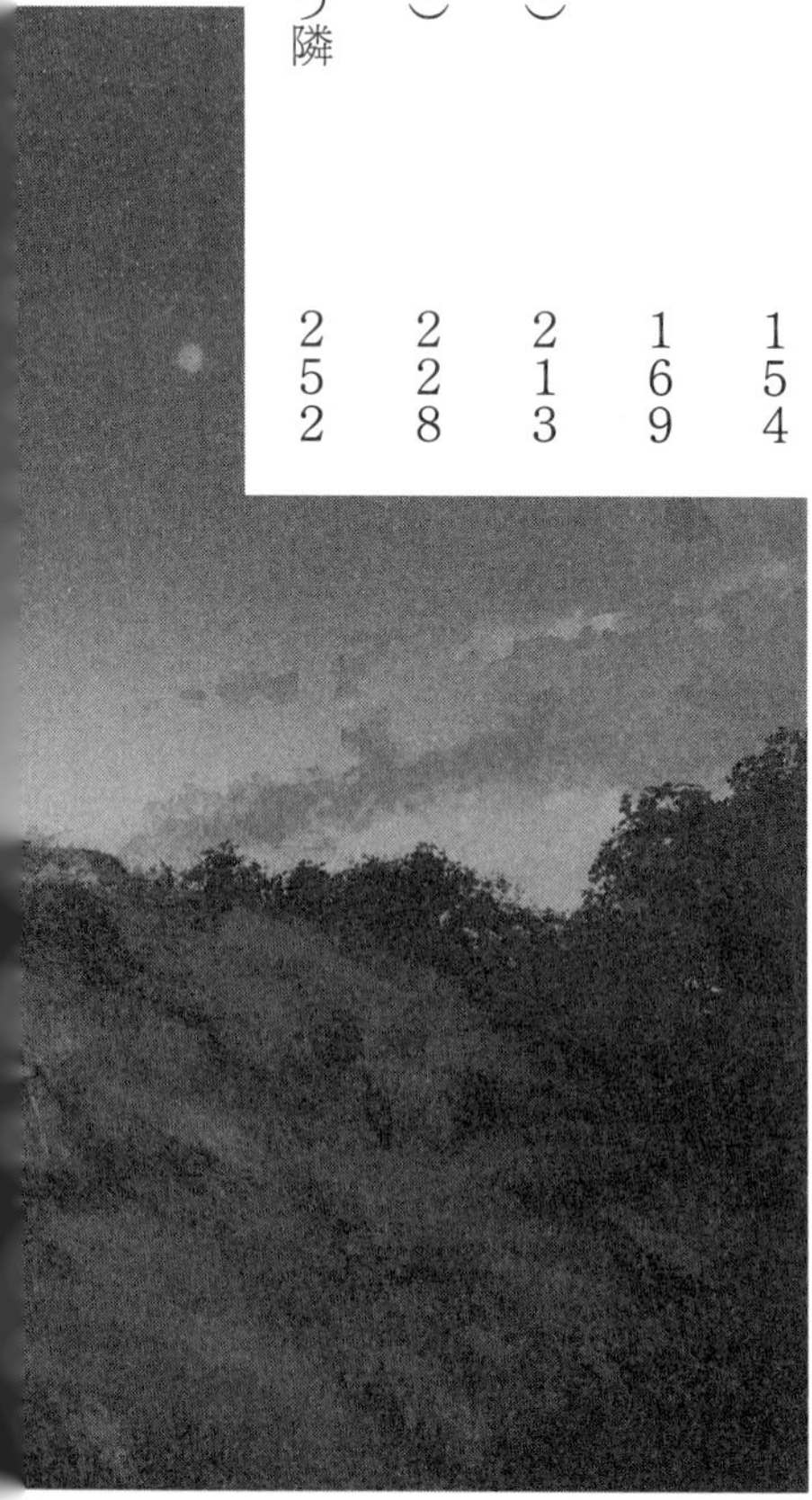

illustration / ふすい

White Rookies 3

Akinori Satake

イラスト／ふすい
装丁・本文デザイン／5GAS DESIGN STUDIO
校正／福島典子（東京出版サービスセンター）
DTP／伊大知桂子（主婦の友社）

プロローグ　交通外傷

朝倉雄介《あさくらゆうすけ》は『空知《そらち》総合病院』の窓から身を乗り出し、外を眺めていた。

この病院に研修医として赴任してから早半年が経《た》ち、空知の町にもすっかり慣れた。吹き付ける風の匂いも、長く暮らした旭川《あさひかわ》とは少し違っている気がするが、今やこれが朝倉にとっての日常となっている。

十月になると北海道は一気に秋になり、秋をすっ飛ばして冬になるのではないかと思うくらい、急速に肌寒くなってきていた。日没も早くなり、まだ十八時を過ぎたばかりだというのに、町は薄暗さに覆われていた。

(今日は平和だな)

朝倉がそんなことを思った矢先、ドォン、と激しい音が聞こえた。

「な、なんだ……?」

窓からでは状況はわからないが、テロでないのなら、おおかたは交通事故だ。あの音から察するに、かなり大規模なものと思われる。

(ああ、くそ！　平和だなんて、禁句だった！)

そんなことを思ったら、なにかしら起こって患者が来るのが常だ。今日、彼は救急外来の当直をしているのである。

朝倉は時間外の当番表を確認する。

今日の整形外科医や外科医、麻酔《ますい》科医たちはいったい誰だろうか――

（うっわ、呼びづらいメンバーじゃねえか！）

朝倉が頭を抱えていると、救急車のサイレンが小さく聞こえてきた。こんな近くで起きた事故であれば、間違いなくこの病院に搬送されてくるだろう。

朝倉は一度深呼吸してから救急外来へと向かっていく。

そして到着するや否や、ピッチが鳴った。

『救急外来の坂本《さかもと》です。先生、救急要請です』

聞こえてくる声が二つ重なる。看護師の坂本が受話器に向かって話している姿が見えた。

「今、到着したところです」

「あ、お疲れさまです」

坂本は朝倉に気がつくと、受話器を置いて頭を下げた。

「すぐ近くの交差点で乗用車同士の交通事故があって、救急要請が入りました」

やはり、先ほどの轟音《ごうおん》は事故によるものだったのだろう。いったい、どれほどの規模の事故だというのか。

当直帯では人手が限られている。何人も同時に診察するには限界があるが……。

悩んでいるうちに、サイレンの音が近づいてきた。正式に受け入れたわけではないが、慣習的に受け入れの前提で話が進んでいるようだ。

電話が鳴ったので坂本が取ると、救急隊からの連絡だった。

「先生、代わってもらえますか？」

「はい」

受話器を受け取り、朝倉は通話する。

「お電話代わりました。空知総合病院当直医の朝倉です」

『患者さんの受け入れ要請です。三丁目交差点の交通事故で、乗用車同士の正面衝突です。運転手二名にバイタルの異常はありません。目立った外傷はありませんが、痛みを訴えています。受け入れはいかがでしょうか』

朝倉は一瞬、考える。

重症患者であれば、この病院の規模で二人を同時に診《み》るのは難しい。何でもかんでも受け入れるべきではなく、適切な医療機関に搬送することも正しい選択だ。

だが、近くに大きな病院はなく、そもそもこの距離の患者を断るわけにもいかない。病院の体制としても、基本的に救急患者を受け入れている。

「痛み以外に、麻痺《まひ》や意識障害など目立った症状はないんですよね？」

『はい』

「わかりました。では受け入れます」

『ありがとうございます。すぐに到着します』

通話が切れるなり、サイレンが大きくなる。そしてすぐに消えた。

朝倉は今日の上級医の中村《なかむら》に電話をかける。数度のコールの後、彼は出た。

『はい。内科の中村です』

「研修医の朝倉です。今お時間大丈夫でしょうか⁉」

朝倉が早口で告げると、中村はすぐに状況を察してくれる。

『うん。救急車？』

「交通事故で正面衝突です。患者のバイタルは正常で症状は痛みだけのようですが、二人が同時に来るそうなので、一緒に診《み》ていただけませんか⁉」

『ああ、それは大変だ。すぐ行くね』

この状況でものんびりした口調の中村であるが、いつも彼は素早くテキパキと動いてくれる。

朝倉がほっとした瞬間、救急外来の扉が開いて救急隊員たちが入ってきた。

「よろしくお願いします！」

ストレッチャーに乗せられて入ってきた二人のほかに、ぞろぞろと歩いてくる者たちがいる。

（……どういうことだ⁉）

戸惑う朝倉のところに、救急隊員がやってくる。

「よろしくお願いします」

「あの方たちは……？」

「同乗者の方たちです」

患者でなくてよかった、と安堵《あんど》する朝倉である。

それと同時に、

(同乗者がいるなら言ってくれよ！)

と内心で叫んでしまった。

とはいえ、急いでいる状況では詳細が伝わらないことはままある。感情を飲み込んで、まず一人目の患者について話を聞く。

「宮野《みやの》典文《のりふみ》さん、三十八歳の男性で、乗用車を運転中に正面衝突されています。既往歴《きおうれき》はありません」

運転手である宮野は、看護師にバイタルを測定されながら、胸から腹にかけての辺りを押さえていた。

顔に苦悶《くもん》の表情と脂汗を浮かべている。バイタルは問題ないと聞いていたが、それと比較してぱっと見の印象はよくない。

朝倉が彼の情報を取っていると、救急外来に中村がやってきた。そして搬送されてきたもう一人の患者について、救急隊から申し送りを聞いてくれる。

(さすが中村先生、助かる！)

ほっとする朝倉であるが、そんなところに救急隊員が続ける。

「先ほど二名の受け入れをお願いしたのですが、同乗者の二名が搬送中に痛みを訴え始めましたので、診ていただけませんか？」

(マジかよ……受け入れ人数、二人どころか倍になるんだが！)

診察をするにしても、検査をするにしても、病院の規模を考慮すると大人数に対応するだけのキャパシティはない。

そもそも、医師だって二人しかいないのである。ある程度診察は並列で進められるとはいえ、同時に四人を診《み》るのは物理的に不可能だ。その上、重症患者が一人でもいれば、つきっきりになってしまう。

しかし、都市部と異なって近くに大きな病院がない地域柄、救急外来に来てしまった以上、他院に行けと断るのも難しい。

朝倉が迷っているのを察して、中村はさっと助け船を出してくれる。

「じゃあ、僕がこっちの人を診るね。今のところ重症感はないから、同乗者の二人も合わせて診ちゃうね」

「お願いします！」

頼もしい中村にそちらを任せ、朝倉は宮野典文の診察を行う。

「速度はどれくらい出てましたか」

「五十……いや四十くらい……」

返事は尻すぼみになっていく。

あくまで医学的な情報を得るために聞いているのであるが、事故ということもあり、なかなか正直に答えたがらない患者もいる。

朝倉はある程度の話を聞くなり身体診察を行う。

「お腹《なか》を見せてくださいね」

服を脱がせると、胸の辺りに打撲の痕跡がある。聴診器を当てると、心音は正常に聞こえる。心臓の周りに血は溜《た》まっていないようだ。

（……シートベルトの跡がないな？）

着用していれば、必ずではないものの、衝撃を受けた部分に痛みが出たり赤くなったりと変化が見られる。その代わりに、胸腹部が広く変色していた。

「シートベルトはつけていましたか？」

「いや、その……」

宮野は目をそらした。

この反応から察するにシートベルトは着用していなかったのだろう。

朝倉は悪い事態を想像してぞっとする。シートベルトの着用により、交通事故による重症例は減ってきているが、それまでは死亡者数も多かった。

腹腔内《ふくくうない》に出血していないかどうかを確認しなければならない。

「超音波でお腹の中を確認しますね。そのあとＣＴで上から下まで全身を調べます。……技師さん呼んでもらっていいですか？」

朝倉は宮野に説明をしつつ、診療放射線技師を呼ぶように看護師に告げる。

「あ、中村先生もレントゲンを撮るので、すでに呼んでます」

「助かります！」

中村は普段はのんびりしているが、実に仕事が早い。

朝倉は超音波診断装置《エコー》の電源を入れ、立ち上がるまでの間に点滴のオーダーを行う。

「造影CT用の静脈路《ルート》の確保をお願いします。点滴は生理食塩水《せいしょく》でお願いします」

「わかりました。準備します」

朝倉は超音波診断装置《エコー》のプローブ――患者に当てる部分を手に持ち、ゼリーを付けた。

「冷たいゼリーが付きますよ」

プローブを押し当てると、超音波診断装置《エコー》の画面に心臓が映し出される。

(心嚢液《しんのうえき》はなし)

心臓の周りに血液が溜《た》まって心臓が動けなくなる心タンポナーデの状態にはなっていない。

朝倉は外傷による出血に対する迅速簡易超音波検査法であるＦＡＳＴを続け、血液の溜まりやすい部分を確認していく。患者の生命にも関わるため、素早く短時間で確認しなければならない。

(次はモリソン窩《か》だ)

プローブを移動させ、右の脇腹に接触させる。

肝臓《かんぞう》と腎臓《じんぞう》の間には――

(うっ)

嫌な予感が当たってしまった。

そこには黒く抜けた空間――液体の貯留がある。既往歴《きおうれき》はなかったと聞いている。であれば、これは今回の事故が原因で生じた可能性が高い。

「宮野さん、ここの画面ですけど、黒くなってるのがわかりますか？」

「わかりますが……なんですか？」

「これは全部、出血です」

「ええ⁉　ど、どうすればいいんですか⁉」

宮野は青ざめて言った。

「出血は命に関わる可能性もあります。このあと血管を詳しく調べられる造影剤を使ったＣＴを撮って、出血している場所を確認します」

「わ、わかりました……」

宮野は不安そうだ。

しかし、検査を手際よくこなしていくには、説明も含めて素早く進めなければならないし、なにより急変する可能性もある。嫌な内容だからと、伝えるのを後回しにもできなかった。

朝倉は看護師に今後の動きを伝える。

「超音波検査《エコー》が終わったらすぐに造影ＣＴを撮ります」

「わかりました。同意書を出してください」

朝倉は看護師とやりとりをしながら、超音波診断装置《エコー》で他の部位を見ていく。肺の周囲には液体は溜まっていない。脾臓《ひぞう》や膀胱《ぼうこう》の辺りも大丈夫だ。

（出血源は肝臓の辺りか）

朝倉が超音波検査《エコー》を終えてプローブを置こうとした瞬間、モニターのアラームが鳴った。脈拍数が百を超えている。

（出血の影響か!?）

宮野を見ると目をつぶっていた。

「大丈夫ですか!?」

「は、はい。気持ち悪いですけど……」

彼は目を開けて、朝倉の言葉に反応する。意識状態は問題ない。

朝倉は血圧の測定ボタンを押すとともに、静脈路《ルート》確保のために用意された一式を確認してから、看護師に目を向ける。

彼らは中村が診《み》ている三人の患者の対応に手を取られていた。

やがて宮野の血圧が出るが、九十代まで大きく下がっていた。おそらく出血性ショックだ。出血により血管内の血液が少なくなった影響だろう。

死に至る可能性もある緊急性の高い状態である。急がなければ！

「宮野さんの血圧が下がってきたので、こっちで採血と静脈路《ルート》取っちゃいます！」

朝倉は叫びつつ、採血用のシリンジを用意する。患者の腕に駆血帯《くけつたい》を巻いて血管を浮き立たせると、素早くアルコール綿《めん》で消毒を済ませる。

「ちょっとちくっとしますよ」

すっと針が刺さると、針に血が上がってくる。血管に刺さった証拠だ。

留置用の針を進めてから、採血のためのシリンジに繋《つな》げて血液を引く。十分な量が取れたら、すぐさま点滴に繋ぎ換えて生理食塩水を滴下する。

点滴は無事に入っていく。刺入部も腫れていない。

「生理食塩水《せいしょく》、全開で落としてます！」

他のスタッフと情報を共有しながら、朝倉は今日の当番表を見る。すると隣に中村がやってきた。

「今日の外科は斉藤《さいとう》先生だねえ。この時間ならまだ院内にいるんじゃないかなあ」

「ＣＴで診断を確定する前に呼んだほうがいいですよね⁉」

「うちの外科はフットワークが軽いからね。斉藤先生なら、こういう状況だと全然関係なくても手伝ってくれることもあるし、早めに電話しちゃおう」

あらかじめ言っておいたほうが時間的な余裕が取れる一方で、手術が確定してから呼んでもらうのを好む医師もいる。

深夜であれば、決定してから呼ぶことも多いが、今は斉藤も院内にいるためコンサルトのハードルは低い。

朝倉は斉藤の番号を確認してから電話をかける。

数度のコールの後、女性の声が聞こえてきた。

『斉藤先生のピッチです。オペ中です。代理で出ています』

「研修医の朝倉です。交通事故で救急外来を受診された方の相談です」

『ちょっと待ってくださいね』

受話器越しにスタッフが話をしているのが聞こえる。

ガサガサと音がした後に、

『斉藤です』

と、声が聞こえた。

どうやら斉藤は術中で手が離せないらしく、スタッフが彼の耳元に受話器を当ててくれているようだ。

「交通事故で正面衝突した方の救急搬送です。ＦＡＳＴ陽性で、血圧が低下していたため出血性ショックの疑いで生理食塩水《せいしょく》を全開で投与しています。これから造影ＣＴを撮る予定ですが、手術も考慮されるため、早めにご相談したく連絡しました」

『わかった。閉創中《へいそうちゅう》だから終わったらすぐに行く。ヤバそうだったらもう一回電話して』

「よろしくお願いします！」

頼もしい返事がもらえて、朝倉はほっとする。

危機的な状況では人手が多いと安心できる。研修医という未熟な立場なのも理由の一つではあるが、そうでなくとも応援は心強いものだ。

「放射線です」

入り口の扉が開いて、診療放射線技師が入ってきた。朝倉はすぐさま告げる。

「こちらの宮野典文さんです。造影ＣＴお願いします！」

「はい。オーダーを入れておいてください」

「わかりました」

朝倉はパソコンに向き直ったところで、はっとする。

「造影剤の同意書、今出します――」

ほかのことに気を取られてしまったため、まだ書いてもらっていなかった。検査が遅れてしまうと焦る朝倉であるが、

「さっき渡しておいたよ。説明もしておいたから」

さらりと告げる中村であった。

「中村先生……！　今日もかっこいいっす！」

「まあ、緊急だからあとで同意書をもらってもいいと思うけどね。もう書けたかな」

中村が視線を向けたときには、宮野はすでに記載を終えていた。

診療放射線技師は彼のところに向かう。

「それでは、ＣＴに行きますね」

「お願いします！」

朝倉が技師に頭を下げる。

中村は朝倉の肩をぽんと叩《たた》いた。

「じゃあ、こっちの三人は僕のほうで診《み》ておくから、宮野さんについていってあげて。急変する可能性もあるから」

「わかりました」

状態が安定している患者に医師が同行する必要はないが、なにか起こりうる場合は付き添うのが望ましい。

また夜間は人手が足りないため、一人でも多いほうが準備は早く整う。なにより、ＣＴ撮影室に行けばその場ですぐに画像が見られるうえ、診療放射線技師とも相談できるので誤診のリスクも減るのだ。

中村は診療放射線技師に告げる。

「残りの三人は大丈夫そうだし、落ち着いたあとでレントゲンを撮りますね」

「わかりました」

朝倉は技師、看護師とともに、ストレッチャーを押して救急処置室を出た。そして、ＣＴ室へと続く薄暗い廊下を移動しながら宮野に尋ねる。

「具合は悪くなっていませんか？」

「痛みがどんどん強くなっている気がします」

「わかりました。急ぎます」

間に合わなかったらどうしよう、という不安は拭えない。それでも、できることから片付けていくしか方法はないのだ。

三人はＣＴ室に到着すると、宮野をストレッチャーからＣＴの寝台に移動させる。

「せーのっ！」

三人で力を合わせて動かし終えると、すぐさま造影剤を用意したり、ストレッチャーを退けたりと、準備を済ませる。

それが終わるなり操作室に移って撮影を始める。

「それでは撮影します」

診療放射線技師がボタンを押すと「息を吸って、止めてください」とアナウンスが入る。

モニターにCT画像の断面が映し出されていく。

急いでいないときは全部の画像が出揃《でそろ》ってから確認するが、緊急時なので撮影時の一瞬に流れる画像だけで大まかな状態を把握する。

朝倉はそれほど多数のCT画像を見てきたわけではないが、それでも一目でわかる変化があった。

「だいぶ出てますね」

朝倉の意見に、技師も同意した。

「そうですね。出血部位もわかればいいんですが……。じゃあ、次は造影します」

続いて造影剤を用いた撮影が始まる。

そこで扉が開く音が聞こえた。斉藤が入ってきていた。

「斉藤先生、お疲れさまです。来てくださってありがとうございます」

「おう」

たった一言だけ返した斉藤は、食い入るようにCT画像を睨《にら》んでいた。それから診療放射線技師に尋ねる。

「座間《ざま》はいるの？」

放射線治療医の座間は、放射線室に顔を出すこともあるが、居室で仕事をしている時間のほうが長い。

「帰るって聞いてませんし、この時間ならまだいると思いますよ」

「ん」

斉藤はピッチを取り出すと、座間の番号にかける。

「あ、もしもし。斉藤だけど。病院にいる？」

『なに？』

「インターベンショナル《IV》・ラジオロジー《R》できない？」

『いいよ』

「おう。頼んだ」

淡々とした会話に、困惑する朝倉である。診療放射線技師が「お二人は同期なんです」と説明をしてくれた。

(やっぱり外科の先生は読影もうまいよな)

一瞬で出血しているであろう部位を判断したのだろう。

インターベンショナル《IV》・ラジオロジー《R》は画像下治療のことであり、今回は出血している動脈にまでカテーテルを進めて、そこを詰めることで血を出なくする方法を採るのがいいとの判断だ。迅速な対応ができ、体への負担が非常に少ないというメリットがある。

やがて白衣を纏《まと》った中年の男性が入ってきた。座間である。

彼は斉藤の横でCT画像を見ながら尋ねる。

「この人？」

「おう」

座間はぎょろりとした目を剥《む》いて、CT画像を読影していく。

「あー、ここだね。うん、やろう。スタッフ呼んで、準備してもらって」

「頼む」

「じゃ、あとは同意を取るから家族がいるなら来てもらって」

いかに技術力があろうとも合併症は起こりうる。急いでいる中で一番時間を食うのが病状説明なのだが、トラブル防止のためにはなにより必要な作業でもある。

座間と斉藤が各方面に連絡をする一方で、朝倉は安堵《あんど》する。なんとかなりそうでよかった、と。

斉藤は朝倉に告げる。

「あとはやっておくから。先生は救外に戻っていい」

「ありがとうございます」

彼らの手技を見ておきたい気持ちはあるが、当直医である以上、救急外来の業務を行わなければならない。ほかの交通外傷患者たち三人を任せていた中村のほうはどんな状況になっているだろうか。

（手伝うこともないくらい暇そうだったら、インターベンショナル・ラジオロジー《IVR》を見に来る

か）

救急外来が落ち着いていれば、それだけの余裕もあるだろう。

朝倉がいったん救急外来に戻ると、中村が大きなお腹《なか》を揺らしながら走っていた。

「あ、朝倉先生！　ごめん！　別の患者さんが来ちゃってね、バタバタしてるんだ！　宮野さん、どうだった⁉」

「斉藤先生と座間先生に診《み》てもらいました。これからインター《I》ベンショナル《V》・ラジ《R》オロジーをやるそうです」

「よかった！　じゃあ、そっちは任せていい感じかな？」

「そうですね。こちらを手伝うように言われたので」

「助かるよ！　なんでこういうときに限って、患者さんが多いかなあ！」

ヒーヒー言っている中村のためにも、患者を手際よく捌《さば》こうと奮闘する朝倉であった。

しばらくそんな状況が続くが軽症の人ばかりであり、採血結果を待つ時間の合間ができたところで彼は造影室に向かう。

（もう終わったかもしれねえな）

そんなことを思いながら操作室から中を覗《のぞ》くと、画面には造影された血管が映っていた。

インター《I》ベンショナル《V》・ラジ《R》オロジーをやっている最中である。

カテーテルは血管内を自在に動いているように見える。

放射線に対するプロテクターを着けて中に入ると、斉藤が朝倉に声をかける。

「うまいだろ」

「本当ですね」

「座間は人間性に問題があるが、インターベンショナル・ラジオロジー《IVR》をやらせたら一級品だ」

斉藤はどことなく嬉《うれ》しそうに彼のことを語る。

やがて座間はカテーテルを抜いた。

「それじゃ、終了です」

「ありがとうございました」

無事に終わったようでなによりだ。ほとんど見学はできなかったが、それほど手技が早かったということでもある。これまで培《つちか》った技術のたまものだろう。

朝倉は先ほど撮影された画像を眺める。血管が造影されているが、走行は複雑であり、詳細についてはよくわからなかった。

（ほんと、すげえよな）

今の自分にはこうした技術はない。

まだ研修医なので専門性は身につけていないが、やがて自分の進む科が決まって、そこで学び続けたなら、いつかは人に誇れる知識や技術も得られるのだろうか。

無事に造影室を出て行く宮野を見ながら、朝倉はそんなことを思うのだった。

1　居場所を探して

一年目研修医の風見司《かざみつかさ》は放射線室にいた。

ローテートの必修科ではないが、興味があったため、一年目に放射線科を回るようにしていたのだ。

「それでは右回りに三回、回ってください」

音声に従って、寝台の上に寝ている患者が体を回転させる。

胃バリウム検査をしているところだ。

「胃の壁にしっかりバリウムを塗りつけないと、病変が見えなくなってしまうんですよ」

診療放射線技師が説明してくれる。

胃の構造をはっきり見るためには、造影剤が輪郭《りんかく》を映し出す必要がある。

「かといって、のんびりじっくりやっていると、バリウムが十二指腸《じゅうにしちょう》に流れ出ちゃって、それが邪魔をして胃が見えなくなっちゃうんですよね」

「患者さんは大変そうですけど……早くやってもらわないといけないんですね」

「いろいろ動いていただくので、お若い方でも結構、戸惑ったりもしますね」

風見は手順やコツなどのメモを取りながら話を聞く。

診療放射線の技師たちは毎日検査をやっているから手慣れたもので、検査は滞りなく進んでいく。X腺により撮影された画像には、胃のヒダがしっかりと映っている。特別、変わったものは見つかっていない。

胃バリウム検査は健康診断で行われるため、そもそも対象は健康な人であり、大きな異常は見つからない場合が大半だ。

「これで終了です。お疲れさまでした」

あっという間に検査は終わってしまったため、風見には一つ一つの画像をじっくり吟味する余裕がなかった。

真剣に画像を眺める風見に、診療放射線技師は意外そうな顔をした。

「それにしても……風見先生は珍しいですね。バリウム検査にはあまり興味がない先生のほうが多いんですけれど」

緊急の検査ではなく、あくまで健康診断で異常があるかどうかを振り分けるスクリーニングのための検査となる。精査となればより詳しく見られる上部消化管内視鏡検査――つまるところの胃カメラが行われるため、一般の医師がバリウム検査に関わることはほとんどない。

研修医は超音波検査といった手技など、実際に自分が手を動かしてできる内容が増えるのを好む傾向も強く、基本的に医師の仕事としては画像の読影だけとなる胃バリウム検査に興味を示す者は、あまりいないのだろう。

「健診医もいいなあって思ってまして」

「へえ、珍しいですね」

健康診断は、非常勤で仕事を掛け持ちするバイト医や、高齢になって常勤先を退職した老後のキャリアとして行う医師が多い。

専門医を取らずに若いうちから健診に行くのは、俗にドロップアウトと見られていた。

「公衆衛生医も考えているんですよ」

保健所で食品衛生や感染症対策に携《たずさ》わったり、産業医として会社や工場において労働者が健康で快適に作業ができるように環境を調節したりするなど、一般的な臨床医とは異なって診断や治療を行わない道もある。

「そういうのもあるんですね」

「大学を卒業したあとにさらに医学部に入ったので、年を食ってしまっていて……体力が持たない科は無理かなとも思うんです」

「ああ、先生方は忙しいですもんね」

緊急の呼び出しや当直など、臨床医を続けていけるかどうかという現実的な問題もあるのだ。

そんな会話をしていると、ひょいと後ろから顔を覗《のぞ》かせる男がいた。放射線科医の座間である。

彼は少しつっかえながら、早口でまくし立てるように告げる。

「じゃあ、風見先生は、放射線科医がぴったりだ。うん、放射線科医になろう。放射線科医はいいぞ」

「そ、そうですかね……？」

「体力がいらないからね、うん」

そういう座間に対して、診療放射線技師が笑う。

「座間先生、いっつもきついって言ってるじゃないですか」

「こ、こら！　こういうときは悪いこと言わないの！　もっといいところアピールして！　褒めるの！」

「いいところですか……放射線科は変わった方でも受け入れてますよ。座間先生でもやっていけるくらいなので」

「そうそう、僕でも大丈夫……って、この野郎！　そんな言いぐさあるか！」

座間は彼に目を剥《む》いた。

この二人は仲がいいらしく、二人の様子を他のスタッフも笑いながら眺めていた。

「ほかの科と比べると、患者さんとの関わりが少ないのも、人付き合いが得意ではない先生方にとってはいい点かもしれませんね」

診療放射線技師が座間のほうを見ながら言うので風見は苦笑いせざるを得ない。

当の座間は弁明する。

「いや、でもね、それもネガティブな意味合いだけじゃないんだよ。僕らはたいてい、他科から依頼を受けて仕事をする立場だから、ほかの科の先生方が主治医になってるし、ある意味、自分の仕事に集中できる環境なのは確かで……」

座間は早口で話していたかと思うと、ぱっと言葉に詰まった。それから急にまたまくし立てる。

「責任を丸投げするわけじゃないよ！　僕のやる仕事はね、全部僕の責任だから」

放射線科治療医としての仕事内容が明確であり、そこに専念できるのがいいところだと言いたいのだろう。

「プロフェッショナルとして、技術を高めていく……そんな放射線科に君もぜひ！」

「確かに、風見先生には向いているかもしれませんね」

「でしょでしょ？　僕と一緒にインターベンショナル・ラジオロジー《IVR》をやろう！」

座間は風見の肩にぽんと手を置いた。

風見はそんな彼の話を聞いていて、ふと気になった。

「患者さんと関わらないという点だと……放射線診断医のほうが少ない気はしますが……」

放射線科医は、放射線や血管造影などを用いた治療を行う放射線治療医と、ＣＴやＭＲＩの画像を専門的に読影する放射線診断医がある。

後者では画像と向き合う毎日のため、患者さんと直接会う機会はほとんどない。

「お、風見先生のほうが一枚上手《うわて》ですよ。座間先生の勢いに流されませんでしたね」

「確かに診断医のほうが患者さんと接する機会は少ないし、緊急呼び出しを考えると体力的には楽だよね。別に仕事が楽ってわけじゃなくて、単純に体力的に。僕も年取ってきたら、夜間の呼び出しとかきついなーって思うし」

「座間先生、負けてますよ。勧誘頑張ってくださいよ」

「まあ、放射線科医が増えるならどっちでもいいけど……いや、ダメだな。ほら、医者のイメージってさ、メスを持ったり、なんかいろいろ手技をしたりってのがあるでしょ。僕なんかはね、手先の細かい作業は好きだったし、そんなイメージが先行したまま治療をやってたら楽しくなっちゃって、気づいたらここまで続けてたんだ」

好きこそ物の上手なれ、ということだろう。仕事内容が自分に合わず苦痛に感じるようなら、長く続けるのは難しい。

一方で診療放射線技師は彼の話を笑い飛ばす。

「座間先生の身の上話を聞いていたら、むしろ遠慮するようになっちゃうんじゃないですか?」

「もう！　じゃあ君がいいところを言ってあげてよ！」

診療放射線技師は少し考えてから、「座間先生の受け売りですが」と前置きしてから話を続ける。

「画像を読むのはＡＩが得意だから、今後は放射線科医は取って代わられる可能性があるってよく言われるけど、治療に関わる場合は手技があるからきっと安泰だって言ってますよね」

「それはそうだね。呼び出される原因でもあるし、いい点でも悪い点でもあるね。そこは」

きっと、どの科を選んだとしても、そうした兼ね合いの難しさはあるだろう。

風見は今朝、救急外来で撮影された画像を思い出した。放射線科を回っているため、ＣＴなどの検査が時間外に入っていれば、なんだろうかと確認することもあるのだ。

「そういえば座間先生は昨日も呼び出されてましたよね。すぐに来てくれて助かったって朝倉が言ってました」

「お、朝倉くん、いい子なんだね。彼にも放射線科医になろうって言っておいて」

「伝えておきます」

苦笑いする風見である。

「それに比べて斉藤はひどいんだぞ。僕はいつもにこにこして応援に駆けつけるっていうのに、人間性に問題があるって言うんだぜ。なに考えてるのやら」

斉藤が朝倉に言っているのを聞いていたらしい。

「先生方、仲がいいんですね」

「大学の同期だからね。といっても、僕は医学部を再受験する前だから理学部物理学科にいて、あいつは医学生だったから、医師の経験年数はズレてるんだけど。あいつさ、今でも先輩面してくるときあるんだぜ。許せねえ〜！」

なんだかんだと、座間は楽しそうだ。

医学部を卒業してからもずっと続く友人というものが、ちょっと羨ましくなる風見であった。

彼は編入で医学部に入っているため、工学部の友人とはすっかり環境は変わってしまったし、卒業を機に地元の北海道に戻ってきたため医学部の同期とは離れ離れだ。

研修医として苦楽を共にする同期たちとは、何十年かたった後も楽しく話をしているだろうか。

「……座間先生はこんなことばっかり言ってますけど、インターベンショナル・ラジオロジー《IVR》をやるときとか……いつも『これは俺の仕事だ！』って張り切ってるんですよ。呼ばれて実はちょっと嬉《うれ》しいんです」

「う、嬉しくなんかないんだから！　平和なほうがいいよ！」

「まあ、そりゃそうです。僕らは医者じゃないんで、推測にはなりますけど……きっと、嫌だ嫌だって言いながらも、いい仕事がしたいって思ってて、そこに充実感もあるんでしょうね。座間先生は放射線治療医としては、立派な方だと思っています」

診療放射線技師が表情を和らげて言い、座間は困った顔になってしまった。

「君、急に褒めるからずるいよね」

「いつも褒めてますよ」

「けなされてるほうが多い気がするんだけど」

「座間先生の受け取り方の問題ですよ」

「いっつも、言いくるめられるんだよなあ」

座間は笑っていたが、ふと満足げな表情を浮かべた。

「昨日の人もなんとか助かったし、そういうときは放射線治療医をやっていてよかったって思うね。いや、うちみたいな病院だと僕の待機日数はとんでもないことになるし――というか地方だと放射線科医がいない病院なんてざらにあるから、受け入れるべきなのかどうかとか問題も山積みなんだけど……まあ、そういうのはともかく、僕は救急外来をやっているわけじゃないから外野の意見かもしれないけど、僕の放射線治療医の仕事としてはよかった、と言えるね」

風見も仕事に対してはまだ、誇りが持てる状況ではない。けれど、彼の言いたいことはなんとなく理解できた。

「ま、風見先生とか、救急外来に入る人が一番大変なんだろうけどね。うん。頑張って！」

風見はぽんと肩を叩《たた》かれて、いつも頼もしい人に背中を守られているのだと思うとともに、自分もいつかは頼られるだけの仕事ができるようにならなければと気を引き締めるのだった。

一年目研修医の清水《しみず》涼子《りょうこ》は内科病棟で、四年目の糖尿病《とうにょうびょう》内科医である中村と一緒に回診をしていた。

つい先日までは麻酔科《ますいか》を回っていたのだが、体力勝負の手術は苦手であり、外科系よりも内科系を志望しているため、麻酔科は必要な期間だけにとどめておいたのだ。それゆえに内科の期間を多くしたのだが……。

（糖尿病内科は雰囲気が違うなあ）

内科の中でも慢性期の疾患を診《み》るため、比較的のんびりした雰囲気がある。

この病棟回診の最後に会う患者は、五十代の中年男性で体重が百キロを優に超えており、かなりの肥満体型だ。中村もなかなか恰幅《かっぷく》がいいが、それを上回っている。

清水がメモを確認すると、患者は糖尿病の教育入院で入ってきたと書かれており、食事や運動などの生活指導が主な治療内容だ。

「おはようございます。調子はお変わりないですか」

やってきた中村を見ると、患者は待ってましたとばかりに返事をする。

「大丈夫です！」

「血糖コントロールもいいですね。むしろ低いくらいです」

「それはよかった！」

今のところ血糖値は順調な経過を辿《たど》っているのだが、中村は机の上にある記録を見て怪訝《けげん》そうな顔をした。

「ご飯を結構残されていますが、なにか理由があるんですか？」

不思議そうな顔をする中村である。

（確かに、中村先生ならあるだけ食べちゃいそう！）

彼のお腹《なか》を見て、そんな失礼なことを考えてしまう清水である。

男性患者は困った顔でため息をついた。

「いやあ、それがですね……ご飯がおいしくないんですよ」

「ご、ご飯がおいしくない⁉　それは大変だ！」

「そんなたいしたことではないんですけどね……」

「困りましたね」

真剣に悩む中村である。一方で清水は当然のように受け止めていた。

（うちの病院食、おいしくないからなあ）

とはいえ、それもやむを得ない事情がある。

病院の食事は一食につき四六〇円と定められており、その中で患者の疾患ごとにカロリーやタンパク質、塩分などのバランスを整えなければならない。さらに嚥下《えんげ》の状態に合わせた食事形態を用意する必要があり、緊急入院が生じた際も食事の提供は欠かせず、廃棄もできる限り少なくするのが望ましいのだ。

が、そんな事情を患者は知るよしもない。彼は意を決して中村に聞く。

「先生……！　アイス食べちゃダメですか⁉　動いて暑くなると食べたくなるじゃないですか」

「わかります！　夏に食べるのもいいんですが、涼しくなってきてもやめられないですよねえ。僕も道民なので、冬に食べるアイスも好きです！」

（それって一年中、食べてるってことじゃ⁉　……そもそも、患者さんに共感していいの⁉）

笑顔でアイスについて考えていた中村であるが、はっとして患者に向き直る。

「おっと、少なくとも入院中は間食を控えてくださいね。せっかく、よくなってきているところなんですから」

「そうですよね。……わかりました。先生も頑張っているんだし、俺も頑張ります！」

「お互いに頑張りましょうね！」

そんな約束を交わして、病室を出る中村であった。

二人はスタッフステーションに戻り、カルテの記載をしたりオーダーを出したりし始める。

「清水先生、アイスは好き？」

「甘いものは好きです！　カロリーが高いので……あんまり食べないですけど」

「罪の味だよねえ。カロリーが高いほどおいしいけど、健康的な食生活を考えると悩みどころだよね……」

中村も頷《うなず》いていた。

しかし、次の瞬間には熱弁を振るっている。

「空知だと砂川《すながわ》にはデザートの店も多いし、北菓楼《きたかろう》のソフトクリームがおいしいんだよねぇ！岩瀬牧場《いわせぼくじょう》のジェラートも最高だよ！」

（本当に食生活を気にしてるの……？　頑張ってる患者さんとの約束は……？）

そんな疑問を清水は抱いてしまう。そもそも、気にしていたら肥満体型になっていなかったのではないか。

とはいえ、楽しそうな中村を見ていると、なにも言えなくなるのだった。

（……糖尿病《とうにょうびょう》内科医にはなれないかも）

患者を上手に指導するのもなかなか難しく、状況によっては自分の生活を棚に上げることも必要なスキルなのかもしれない。

清水が考え込んでいると、中村が視線を向けてくる。

「そういえば、清水先生はふるさと納税はしてる？」

唐突に振られた話題に、清水は少し戸惑ってしまったが、素直に答える。

「まだやってないですけど……これからやろうと思います！」

昔の医師は金遣いが荒かったり、妻に財布のひもを握られていたり、不動産投資でカモにされたりと、金銭に関するトラブルに巻き込まれることも多かった。そんな事情のためか、最近の医師はマネーリテラシーを高めようとする者が多い傾向にあるため、こうした話題は特に珍しくはない。

清水には唐突な話題に思われたが、中村にとっては先ほどの話の続きであった。

「ふるさと納税はお得だからやったほうがいいよ。空知の食べ物だと、深川米《ふかがわまい》がおいしくてお勧め！　つやつやだし、ご飯だけでも何杯も食べられるよ！」

（そ、それは中村先生だけなのでは……？）

ご飯一杯だけで満腹になってしまいそうな清水である。

もっとも、深川は道内でも有数の米所《こめどころ》であり、人気があるのは事実だ。なにより中村のグルメ情報は外れたためしがない。清水はメモの片隅に、深川米と書いておくのだった。

そうした雑談を交えつつ仕事をする二人であるが、担当しているのは糖尿病《とうにょうびょう》など慢性疾患の患者ばかりではない。中には状態が厳しい患者もいる。

「重症患者がいると、大変なんだよねえ。一人でほかの患者さん何人分もの仕事量になっちゃう。しかも、入院させた日は仕事が盛りだくさんで、てんやわんやだ」

患者の状況に応じた指示や検査オーダーを入れなければならないため、初日に仕事が集中しているのだ。

「病状説明も多くなっちゃいますよね」

「そうなんだよねえ。ご家族さんによっては、頻回な説明を希望される方も多いし、時間がかかっちゃう。……今日は一件、インフォームド《I》・コンセント《C》があるけど、清水先生も入る？」

「お願いします」

清水は頭を下げた。

インフォームド《I》・コンセント《C》は患者に病状説明をして、同意を得ることを指すが、院内では俗称として病状説明を指して使われる場合も多い。

　医師三年目以降になると、看護師は同席するものの、説明は医師一人で行われるのが一般的であり、研修医のうちにいろいろな先生のやり方を学んでおくのも大切だ。

　清水が時間を確認する隣で、中村は大きなあくびをした。

「ふわああ……」

「先生、お疲れですか……？」

「昨日は当直だったからねえ……。休めたらいいんだけど、患者さんのご家族の都合に合わせてインフォームド《I》・コンセント《C》の時間を組んでるから、そこはずらせないし……帰りたいのは山々なんだけどねえ」

　当直明けの午後は休みになる病院も増えてきてはいるが、外せない仕事があれば帰るわけにはいかないし、この空知総合病院はそもそも、休みになるシステムではなかった。

「昨日、忙しかったんですよね？」

「そうなんだよ！　朝倉くんがいたから助かったけど、あんな当直が続いたら痩せちゃう！」

　嘆く中村を見て、

（中村先生はもう少し痩せたほうがいいかも？）

　と失礼なことを考えてしまう清水であった。

「忙しいのは当直だけじゃなくて、明けの日もだからねえ」

「そうですよね……」

研修医たちは当直回数が多いとはいえ、当直が終われば、当直で診《み》た患者からは開放されるが、ほかの医師は入院させた患者の主治医をしなければならず、診療が続くことになる。

「当直帯で入院させた患者さんには持ち回りで対応する病院もあるけど、うちだと入院させた人が主治医になるからね。外来でずっと診ている主治医に引き継ぐ場合もあるとはいえ……上の先生から僕らに来ることはあっても、僕らから上の先生にお願いすることはあまりないからねえ」

必然的に下の仕事が増えるのである。

ため息をついた中村であったが、はっとする。

「おっと、嫌なことを言ってしまったね。積極的に手伝ってくれる神のような先生もいらっしゃるから、この業界も捨てたものじゃないよ」

「中村先生を見ていると、私もそう思います！」

「清水先生は素直でいいねえ。僕も頑張らなくちゃ」

中村はいつか自分が上の立場になったときにも、驕《おご》らず後輩たちにも優しくしてあげたいね、と拳を握る。

「それに、たまにお礼をくれる先生もいるのが嬉《うれ》しいよねえ。大林《おおばやし》先生がくれるチョコはおいしいし、斉藤先生が淹《い》れるコーヒーはカフェが開けるレベルなんだよ」

（餌付《えづ》けされてる！）

嬉しそうな中村に、そんな感想を抱いてしまう清水である。とはいえ、大先輩からの感謝を込めた贈り物は、気持ちだけでもありがたいものだ。

「まあ、内科の患者さんなら忙しくて大変ってことはあっても、対応に困るケースはそんなになりいんだけど……専門外の患者さんが困るよねえ」

「内科の先生は幅広く診られるイメージがありますけど……」

明確にどこの科の疾患かはっきりしないとき、最初に回される場合が非常に多く、たとえば痛みを訴える患者では骨や筋肉が原因の整形疾患であったり、子宮や卵巣に疾患が見つかり婦人科に紹介したりと、受け皿になっている現状がある。

「内科医って、とりあえずよくわからない患者を全部回されることも多いし、うちみたいな地方の病院だと専門医が揃《そろ》ってないから内科一般を全部診ないといけないのは確かだね。とはいえ、さすがに他科についてはカテゴリーが違いすぎるよ。うどん屋で蕎麦《そば》を注文したらなんとかしてくれるかもしれないけど、パスタまでいくと理不尽でしょ？」

「そ、そうですね……？」

中村のたとえ話で余計にわからなくなってしまう清水である。中村はそれを察してか、「うどん屋が蕎麦屋に変わった歴史があるから、蕎麦屋はうどんを出すけど、うどん屋に蕎麦のメニューはないことが多いんだよ」と豆知識を披露する。

清水は素直に頷《うなず》いて聞いていたが、はっとして、話を元に戻した。

「日中は他科コンサルトもすぐできますし、患者さんも各科に振り分けられてますけど、救急外来だとすべての患者さんを診ないといけないので大変ですよね」

「そうだねえ。最後に診たのが研修医時代って疾患もたくさんあるし、困っちゃうよ」

「普段から診察してるわけではないですからね……」

「まったく診《み》られないわけじゃないけど、救急外来はそもそも、緊急性があれば専門の科を呼んで、そうでなければ応急的な対応をする場所だからねえ。きちんと治療を受けるためにも、日中にかかってほしいんだけど……」

「救急外来だけ受診して、もう来ない患者さんが多いですよね……」

日中は忙しいとか、救急外来なら待たずに診てもらえるとかの理由で日中に受診しない患者は少なくない。

中村は昨日、救急外来で診た宮野典文のカルテを開く。

「交通事故だと……保険や訴訟も関わってくるから嫌だよねえ。基本的に次の日に整形外科にかかってもらうけど、そう言っても受診しない患者さんだと、当直医しか診てない状況にもなるし……勘弁してほしいよ」

「トラブルになりそうですね……」

「宮野さんは治療がうまくいって助かったからいいけど、順調じゃない患者さんだと、揉《も》めに揉めてもおかしくないからねえ……」

宮野の容態《ようだい》は落ち着いており、命の危機は脱したようだ。カルテ上には、元気そうにしている様子が書かれている。

「各科のバックアップがしっかりしていて、困ったことがあったらすぐに相談できる体制ならいいけど……そうじゃないなら正直、他科疾患は引き受けたくないよねえ。最初からその科がしっかり対応できる病院に行ってもらったほうが患者さんのためでもあるし」

結局、転院搬送をすることになった場合は、医師も患者も時間を食ってしまうばかりだ。緊急の場合はその時間が命取りになりかねない。

「田舎だと、地域のためにってお題目で全例を引き受ける方針の病院が多いけど……なにかあったときに病院が守ってくれる体制でもないし、リスクは僕らが背負うわけだからね……」

清水はそこまで深くは考えていなかった。

一緒に当直に入る医師もおり、研修医には責任がいかないように、病院もある程度配慮しているからだが、中村の立場ではそうもいかない。

「おっと、暗い話ばかりになっちゃったけど、なにかあったら清水先生は僕が守るから、全力で取り組んでくれて大丈夫だよ！」

中村は自分のお腹《なか》をぽんと叩《たた》いた。

「頼りにしてます！」

「研修医はいろんな症例を見て、失敗しながら成長していくからね。たくさん踏まれて、腰が強い医者になっていくんだ。讃岐《さぬき》うどんのようにね！」

（こ、これは激励されてるの……？）

食べ物にたとえて、いい話のように締めくくる中村に、清水は苦笑いする。

「今日のお昼はうどんの出前を取ったんだ」と続けるので、お昼が近づいて頭の中がうどんでいっぱいだっただけかもしれない。清水は笑顔の彼に、「おいしそうですね」と返しておくのだった。

そんな中村はゆっくりと立ち上がった。

「さて、カルテも書き終わったし、ほかの病棟の糖尿病《とうにょうびょう》の患者さんの血糖コントロールをしよう。一応、糖尿病ローテだからね」

「はい、お願いします」

「うちみたいな中規模の病院だと一般内科として肺炎とかも診《み》ないといけないけど、大病院だと院内中の糖尿病患者の血糖コントロールばかりすることも珍しくないよ」

「それは大変そうですね……」

「飽きない人だけが、糖尿病内科医になれるのかもしれないねえ」

中村は冗談を言って笑うのだった。

一年目研修医の沢井詩織《さわいしおり》は、病棟のスタッフステーションで上の年次の医師三人に囲まれていた。

「剛田昇《ごうだのぼる》さん、七十二歳の男性です。近頃、便秘がちということで内視鏡の依頼で紹介された患者さんなんですけれども、何の気なしに大腸カメラをやったところ大腸癌《だいちょうがん》が見つかりまして」

パソコン上の画面を見せながら、消化器内科医の大林が説明をする。彼はすでに定年退職しており、その後は嘱託《しょくたく》医師として勤務しているのだが、以前と変わらずに検査や入院も自分で行っていた。

彼は目尻にしわを寄せながら、画面に映っている大腸の粘膜から盛り上がったもの――癌を指さす。癌により腸管の管腔《かんくう》が狭くなっており、便も出にくくなっていたようだ。

外科医の斉藤は癌をじっと見つめながら尋ねる。

「これくらいのサイズなら内視鏡で取れそうですかね」

大腸癌の治療はまず切除が選択に上がってくる。大きさや進行度合いによっては、外科的な切除のほかにも内視鏡で取る方法も考慮される。

また、遠隔転移の有無などの精査を進める必要もある。

「CTはもう撮られたんですか？」

「ええ。そうしたら思わぬものが見つかりましてね」

大林はCT画像を出す。マウスのホイールをスクロールしていくと、首の断面からだんだんと下の部位が映るようになり、やがて肺が見えてくる。

（うわっ……）

画像を見た沢井は思わず、表情をゆがめてしまった。

そこには巨大な白い塊《かたまり》が見えていた。それも一つではない。

斉藤は表情を変えずにいつもの声音で話す。

「かなりひどいですね。これを見たら大腸癌が可愛く見えます」

「そうですね。もはや大腸癌は予後《よご》の規定因子《きていいんし》にはならないでしょう」

大腸癌が増悪《ぞうあく》する前に、進行した肺癌《はいがん》により亡くなる可能性が高いと想定される。

「化学療法《ケモ》はできそうな方なんですか？」

「難しいでしょうね。ご飯もあまり食べられていなかったようで、すでに栄養状態も悪く、パフォーマンス《P》ステータス《S》は三でした」

ぐったりした状態でも化学療法をやってくれと言う患者もいるが、そもそも体力がある患者に対して行う治療であり、弱った状態で行うと免疫力が低下して死に至る可能性もある。

パフォーマンス《P》ステータス《S》は全身状態の指標の一つであり、限られた自分の身のまわりのことしかできず、日中の50％以上をベッドか椅子で過ごす患者が三となる。

「今後は緩和ですかね」

斉藤は別の医師に目を向ける。

緩和ケア科の栗本《くりもと》だ。彼は腫瘍《しゅよう》内科医として、癌《がん》治療を行っていたバックグラウンドを持っている。

「そうでしょうね。まずはご本人さんとお話をしてからの決定になるでしょうけれど、いずれにしても緩和の介入が望ましいと思います」

打つ手がなくなったから緩和ケアを行うのではなく、苦しみを取るために早期から介入していくのである。

「いきなり私が登場すると、さぞ戸惑われることでしょうから、大林先生のほうからまずお話をしていただく形にはできますか？」

「ええ、もちろんです。それでは栗本先生の外来に繋《つな》げます。ありがとうございます」

そうして剛田の今後の方針が決まっていく一方で、沢井は一言も発せずにいた。

各科の医師が協力し合う姿を見ていると、自分の場違いさを実感してしまう。まだなんの専門性もなく、一人の医師として話し合いをするにしても、知識や経験が足りなかった。

今は緩和ケア科を回っているのだが、ローテートは始まったばかりであり、武器となる経験などないに等しい。それゆえに、もはや栗本にくっついているだけと言っていい。

無力さを感じる沢井を抜きに、話はどんどん進んでいく。

「……それでは、栗本先生。よろしくお願いします」

「こちらこそ、よろしくお願いします」

大林と栗本が頭を下げ合う。

クセが強い医師も多いが、この二人は紳士的な対応をしており、スタッフからは付き合いやすいと評判であった。

栗本が視線を向けてきたので、沢井は居住まいを正した。

「このあと外来で患者さんを診《み》ましょう。私はいったん、医局に寄っていきますので、十五分後くらいに来てください」

「わかりました」

大林と栗本がその場を離れる一方で、沢井は席について電子カルテを確認する。

先ほど話をしていた剛田のカルテを開くと、ここ数日分の記載しかない。他院からの紹介だと、信頼関係ができあがる前に重大な告知をしなければならない場合も多々ある。

果たして、剛田は事実を受け入れられるだろうか。

そう考えたところで、沢井はどこか他人事《ひとごと》のように思っている自分に気がついた。告知をするのは自分ではなく指導医だ。

だからこそ、ますます自分になにができるのだろうかとも思ってしまう。

悩んでいると、ふと視線に気がつく。斉藤が気にかけてくれていたようだ。とはいえ、斉藤はかなり無口だし、沢井もおとなしくて人見知りをするほうだから会話はあまりない。

緩和ケア科と外科という別の科にいることが理由ではなく、沢井が外科のローテートを回っていたときもこんな調子であった。

だからあまり、励ましの言葉は期待していなかったのだが――

「どの科に進んだとしても、いつか自分の役割が見つかるときが来る」

斉藤がそう告げる。

よほど、沢井が深刻に考え込んでいるように見えたのだろうか。

（……そういうものなのかな？）

医師を続けているうちに、自分の立ち位置がはっきりしてくる、というのはなんとなく理解できる。

斉藤や大林、栗本はそれぞれの立場から、一人の患者について話をしていた。科によって他科とどの程度関わるのかは異なるが、少なくとも医師同士のみならず、他職種との関係の中で仕事をしていく必要がある。

「沢井先生は人の機微に触れることができる。うまくやれるさ」

「……そうでしょうか」

斉藤はふっと笑う。

「医師は我が強すぎる……個性的すぎる者が多い。普通なだけでも、やりやすいさ」

（普通の医師にならなれるかも）

そう思う沢井である。なにも特別なことではないのだから。

斉藤はこの話が終わると、先日交通事故で受診した宮野のカルテを見始める。

「病院の方針とはいえ……重症患者を受け入れるのであれば、放射線治療科、整形外科、外科が常時揃《そろ》っていて、集中治療室《ICU》の管理ができる体制でなければ、対応困難の場合もある」

空知総合病院では放射線治療科の医師は座間だけだ。そもそも、放射線科医がいない病院のほうが多いくらいであり、よほどの大病院でもなければ休日や夜間となると、対応不可能な時間帯ができる。

座間はたいてい、病院の近場にいるとはいえ、年がら年中それでは心も体も休まる暇がない。

（……あ。座間先生のこと、心配してるんだ）

友人として彼の環境を気にしての言葉でもあったのだろう。だから、いつになく饒舌《じょうぜつ》になっていたのかもしれない。

斉藤はそれ以上の言及はしなかったが、命を預かる仕事である以上、妥協できない点と、地域医療としてやらなければならない責務があり、折り合いをつけていくしかない難しさを感じていたはずだ。

きっと、はっきりした答えはない。立場によって変わる結論でもあるし、北海道の地方病院では人も設備もなにもかも足りていないことが拍車をかける。

宮野は治療が功を奏して助かり、結果的に大きな問題はなかったとはいえ、それでも悲観的な言葉が出てくる辺り、現場は悩みだらけなのだ。

沢井は自分の未熟な経験だけでは、なにを言えばいいのかわからなかった。斉藤はそんな彼女の様子を察して笑う。

「若いうちに知り合いを……できれば友人をたくさん作るといい」

そう言い残して、彼は立ち上がると、患者のところへと向かっていった。

医師として働く以上、すべての科の内容を一人でやることはできない。誰かの手を借りなければならない場面はたくさん出てくるだろうし、専門家に頼るべきところは頼るのが名医でもあるだろう。

かっこいいなあ、と思いながら斉藤の話を何度も反芻《はんすう》していた沢井であるが、

(……でも、斉藤先生って友達が少ないんじゃ……?)

ふと我に返ってしまった。

すぐに、失礼な考えを持ってしまったとかぶりを振って、立ち上がる。

まずは外来に行こう。考える時間はまだたくさんあるのだから。

重い足取りで医局に戻ってきた朝倉雄介は、自分の席にどっかと腰を下ろして背もたれに体を預け、天井を見上げながらため息をついた。

「きっつ……」

昨日の当直はほとんど眠ることができず、しかもそれが終わってから通常の日勤が始まる。朝食を取る時間どころか、洗顔や歯磨きをする一瞬すらなく、ようやく一息つけたのが今の時間だった。

「昨日は忙しかったんだって？」

風見に声をかけられると、朝倉はゆっくりと体を起こした。

「おう。軽症患者がわんさか来たのもきつかったが、交通外傷で緊急インタ《I》ーベンショ《V》ナル・ラジ《R》オロジーになったのが一番堪《こた》えたな。斉藤先生と座間先生が来てくれたからなんとかなったが、正直、中村先生と俺の二人じゃ無理があるだろ」

「座間先生からも聞いたよ」

「ああ、風見は放射線科だっけか。座間先生、昨日は当番日じゃなかったんだろ？　怒ってなかったか……？」

「いや、全然。患者さんが助かってよかった、いい仕事をしたって言ってたよ」

「すげえなあ……さすがプロだ」

朝倉は素直に感心する。

医師はスタッフから時間外の連絡をたびたび要求されるため、呼び出しを蛇蝎《だかつ》のごとく嫌う者もいるくらいだが、そこで患者のために動けるのは立派としか言いようがない。

「実は呼ばれて嬉《うれ》しいらしいよ」

「まあ、気持ちはわからなくもないけどな。どうしても俺らの人間関係って、病院の中に限定されちまうし」

コロナ禍ということもあって、院外での付き合いはほとんどない。院内においても飲み会が消滅したため、親しくなるためのイベントも皆無だ。

長年、病院に勤め続けている医師であれば、なおさら院内の関係を大事にするのかもしれない。

そこで沢井も話に入ってきた。

「斉藤先生に呼ばれたから、なおさら嬉しいんだよ」

「ああ、大学の同期だっけか。そりゃ呼ばれても怒れないよな」

「二人でよくゴルフに行く仲らしいよ」

プライベートでの付き合いもあるようだ。

風見はそんな二人の話を聞いて、つい感想を漏らす。

「うーん。斉藤先生と座間先生が盛り上がってるところ、想像できないなあ……」

「いつもどおりなんじゃね……？」

朝倉は昨晩の二人のやりとりを思い出したが、やはりプライベートでも談笑しているイメージはまったく湧かなかった。

「きっと、言葉がなくても通じ合ってるんだよ！」

と、話すのは清水である。

彼女は外科ローテのとき、斉藤に熱心に指導してもらっていた。

「そりゃ美化しすぎじゃねえの」

「座間先生も、斉藤先生はなに考えてるかわからないって言ってたなあ」

「そ、それは照れ隠しなんじゃないかな……？」

「斉藤先生、いい人だよ」

男性がざっくばらんな言い方をする一方で、女性二人はよい印象を持っていた。

「ま、なんにせよ、俺らひよっこ研修医にとっちゃ、助けに来てくれるだけで神様さ」

「本当、そうだよね」

「さっと助けに来てくれるの、かっこいいよね！」

「うん。神」

危機に陥ったときに現れる指導医は、普段の何倍も頼もしく、かっこよく見えるものである。判断に困ることは多々あるし、相談できるだけで随分と安心感が違うのだ。

朝倉は優しい指導医たちのことを思い出す。

「昨日は中村先生と斉藤先生がいなかったら、どうなってたことか」

「いきなり四人来たんだよね？　重症の方が一人だったからよかったけど……二人以上だったら対応できないよね……」

「連絡を受けた時点は二人だったんだけどな。現場が混乱しているのは重々承知なんだが……もう少し、連絡はしっかりしてほしいよな」

「たまに困る人がいるよね……」

救急隊は短時間しか情報を聴取する時間がなかったり、患者からの情報しか得られず患者が嘘《うそ》をつく場合もあったりするため、医師に申し送りをする際に不正確な情報が伝わる場合がある。

これらは仕方がないのかもしれない。どの職業にも言えることではあるものの、全員がしっかりした対応ができるわけではないのだから。

「たまに受け入れが断られそうだからって、情報を隠す人もいるよな」

「あるよね。昨日の人はそんな感じだったの？」

「どうだろうな。バタバタしていただけかもしれないが、意図的に伝えなかったのか、単にミスったのかなんて、俺らからは見えない部分だしな」

「転勤があるから、年度によって慣れてる人かどうかも違うって聞いたよ。新人さんも多いんじゃないかな？」

「まあ、地方だと教育体制なんて整ってないだろうしな……」

救急隊も人手不足で忙しく、余裕があるわけではない。

関東など新型コロナウイルス感染症が流行している地域では、発熱患者による救急要請も増えて大変らしいが、空知地方では逆にコロナ禍による受診控えもあって、大きな変化はなかった。

もっとも、救急搬送ではなく救急外来を直接受診する発熱患者はどんどん増えてきており、予断を許さない状況になりつつあるのは事実だ。

「なんにせよ、気をつけていかねえと、いつか爆弾ゲームが手元でドカンと爆発しちまう」

キャパシティを超えた仕事が突如降りかかってくると、医療ミスにも繋《つな》がりやすくなってしまう。病院へのクレームは日常的に来ているし、訴訟も身近な存在だ。自分の身を守ることも、常に考える必要がある。

朝倉の言葉に、研修医たちは気を引き締める。未熟とも言える身で、責任を持って診察をしなければならないのだ。

そこでピッチが鳴った。朝倉のものである。

「はい。研修医の朝倉です」

『四北の青木《あおき》です』

外科病棟があるのが四北病棟だが、朝倉は今、外科ローテではない。つまり普段と違う部署からかかってきたということだ。

これは嫌な予感がする。

『先生は昨日、宮野典文さんの診察をしてましたよね？』

「ええ。なにかありましたか？」

『ご家族さんが押しかけてきて、なんにも話を聞いていないと大変お怒りになられてまして……来ていただけませんか⁉』

「わかりました」

ピッチを切ってから朝倉は頭を抱えた。緊急の状況ではあったが、間違いなく宮野に説明したはずだが……。

なにか抜けがあったというのか。額にじわりと汗が浮かぶ。

三人の視線が集まる中、朝倉はぽつりと呟《つぶや》く。

「……ドカン、と爆発しちまった」


「どういうことなんですか！　緊急で手術をするなんて！　私はなんにも聞いてませんよ！」

朝倉が到着したとき、スタッフステーションの前で三十代の女性が声を荒らげていた。件《くだん》の家族であると、一目でわかってしまう。

休憩スペースでのんびりしていた老人たちは何事かと遠巻きに眺めている。

(行きたくねえ……！)

しかし、このまま放置したからといって、状況は好転しないだろう。

看護師からの話では、この女性は宮野典文の従姉妹《いとこ》であり、なにも連絡が来ていなかったと激怒して乗り込んできたらしい。

ここの救急体制はどうなっているのか、当直医を出せとのことで、朝倉に連絡が来たという経緯だった。

泣きそうになっている若手の病棟スタッフが彼に気づいて助けを求めてきたので、朝倉は女性のところに進み出る。

「研修医の朝倉と申します。経過についてお話をしたく、参りました」

まずは話をしようと名乗るや否や、女性はきっと睨《にら》みつけてきた。

「私は連絡がなかったことについて話をしてるんです！　そんな話じゃなくて！」

（だから、経緯の話をしようとしてるんだろ）

この時点でこれから起こりうる事態が想像できて、朝倉はげんなりしていた。自分の言うことを相手にきかせるために怒鳴る人は少なくない。

「私に連絡がなかったのは、なんでですか？」

「まず、緊急で治療が必要だったため本人から同意を取り、治療を行っております――」

「そんなことはわかってます！」

朝倉の言葉を遮《さえぎ》って女性が叫ぶ。

（だったら、なんでキレてるんだよ）

女性は歯を剥《む》き出して、朝倉に食ってかかる。

「普通は家族に連絡しますよね？　この病院はどうなってるんですか？」

「本人の意識ははっきりしており、適切な判断能力もあったため、治療に関する手続きは問題なく行われました」

「そんなことを聞いてるんじゃないんです。連絡しますよね、普通。家族ですよ？　なにかあったとき、どうするんですか？」

（だから同意書を取ってるんだろ！）

なにかあったときの対応に関して、病院はかなり神経質になっている。落ち度がなくとも、合併症が起きることは珍しくなく、わずかな可能性であっても訴訟に繋《つな》がりかねないからこそ、同意書が必要になってくるのだ。

患者と医師の信頼関係が成立した上で治療は行われるのだが、こうした事態にはたびたび遭遇する。

「どうなんですか？　おかしいですよね？」

「患者さんの病気に関しては個人情報ですので、基本的には本人にお伝えしています。その上で本人からの希望があれば、我々からご家族に説明いたします」

重傷者の場合は可能な限り家族にも連絡するようにしており、座間も家族を呼ぶようにしていたはずだが……。

「急だったって言いましたよね」

「はい」

「連絡する暇はなかったってことになりますよね。本人から連絡する時間なんてないんじゃないですか」

「患者さん本人と私どもの間で合意があれば、連絡することになるかと思いますが――」

「いや、おかしいですよね？」

やたら甲高《かんだか》い声で女性は繰り返す。

「それがおかしいですよね？　普通は連絡しますよね、普通は。家族ですよ？」

すさまじい剣幕で詰め寄られて、朝倉はたじろいだ。

（俺にどうしろって言うんだよ！）

そもそも、朝倉は当直でファーストタッチをしただけであり、その後は主治医に引き継いでいる。朝まで当直で忙しく働いて、午前中もローテート中の科の仕事があったため、宮野のその後の状況は詳しく把握していない。

当直医を出せと言われたとしても、そもそも業務は引き継いでおり、本来は主治医が対応すべきところなのだが、若手のスタッフの場合、剣幕に押されて言いなりになってしまったり、電話をかけやすい研修医に連絡が行ってしまったりすることもしばしばある。

医師は指示を出す立場ではあるのだが、医学的なことはともかく、トラブル対応まで慣れているわけではない。

「沈黙するってことは、おかしいって思ってるってことですよね？」

（思ってるよ！　今のこの状況がおかしいって！）

そもそもこんな状況なら関係者に話を聞いて全貌を把握した上で、改めて対応すべきなのだ。もはや朝倉が対応できる範囲ではなく、これではらちがあかない。

「これ以上のお話となると、ほかの方もおられますので、いったん別室でお話をするのがよろしいかと思いますが――」

「それはここじゃ話せないってことですか？　やましいことがあるからそう言うんですよね？」

「そうではなく――」

「じゃあ、なんだって言うんですか？」

何度も何度も会話を遮《さえぎ》る強い物言いに、朝倉は言葉に詰まった。

（勘弁してくれよ！）

もう泣きそうになった瞬間、後ろから声をかける男がいた。

「主治医の斉藤です。私から説明します」

（斉藤先生〜！　かっけえ！）

頼りになる彼の登場に、朝倉は感涙しそうになる。

一方の女性は斉藤を見てもまったく引かない。

「でも、先生は当直のとき診《み》てないですよね？　最初の人が普通、すぐに説明しますよね？」

「診ています。治療の同意はご本人に確認し、病院側としては家族の来院が望ましいことを伝えた上で、連絡が必要なご家族はいないと聞いています」

「いや、それおかしくないですか？」

「患者さんとご家族の関係につきましては、私たちが関与するところではありません」

（うおお！　斉藤先生、はっきり言っちまった！）

医師と患者本人の間で話し合いが行われて治療は進んでいく。患者の意思が尊重され、患者が希望しないのであれば、家族にも話はできない。

「そこをなんとかするのが、医師の仕事じゃないんですか？　説明義務がありますよね？」

「説明義務は患者さんに対してのものです。家族に対する義務ではありません。また、プライバシー権があるため、患者さんの同意なく本人以外に説明することはできません」

「いや、でもおかしいですよね？」

「問題のある対応はなかったと認識しています。あなたが患者さん本人と話をすべき内容と思われます」

「いや、だから！　典文の病室を教えてって言ってるんです！」

「現在、コロナ対応のため、面会は基本的にご遠慮いただいています。なにより――」

斉藤はいったん、間を取った。

女性がきっとにらみつけてくるのに動じず、ゆっくりと続ける。

「ご本人に確認したところ、面会の意思はありませんでした。教えることはできません」

そう言われて、女性はようやく押し黙った。それから背を向け、苛立《いらだ》たしげな様子で足を踏み鳴らして去って行く。

斉藤は朝倉に「遅くなった」と告げる。

「とんでもないっす。先生が来てくれなかったら、もう泣きそうでしたし、今日一かっこいいっすよ」

斉藤は朝倉の軽い褒め言葉にふっと笑いつつ、ついてくるように促す。

宮野の病室に着くと、彼は頭を下げて言う。

「先生、ご迷惑をおかけしました！」

斉藤が気にしないようにと言うと、彼は話を始める。

「実は俺、土地を持ってるんですよ。両親も死んだし、子供もいないから……俺が死んだら国のものになるんですけど。それを渡せって前々から言ってきてたんです」

そのような背景があったため、今回の事件が起きてしまったようだ。

（なるほど、これがあのよく聞く「患者が死にそうになると突然親戚が増える」ってやつか）

従姉妹《いとこ》は法定相続権がないため、遺言書を書かせる以外に相続する方法はない。宮野が死の危険性がある状況に陥ったため、従姉妹は焦ったのだろう。

「でも、今回の件ではっきりしました。生きてるうちに、財産をどうするのか、考えないといけないって」

無論、従姉妹に渡す意思はなく、「あんなやつに渡すくらいなら、イヌにでもやりますよ」とのことである。

（そのほうがマシだな）

朝倉は苦笑いしつつ、先ほどの様子を思い返してしまうのだった。

また、斉藤は宮野に外科医として話をしておく。

「すべて命あっての物種《ものだね》ですから、運転も気をつけてくださいね」

「そうします」

宮野は今回の入院で堪《こた》えたようだから、今後は安全運転を心がけるだろう。

朝倉は斉藤とともに退室する。

並んで廊下を歩きながら、朝倉はようやく安堵《あんど》の息をついた。

「はあ……なんか、医学と関係ない部分でどっと疲れました」

患者本人がいい人であっても、家族がトラブルメーカーである場合も少なくない。

「むしろ、医師の仕事はそのほうが多い」

「うへえ……嫌な仕事っすね」

研修医を終えて三年目以降の医師になると、主治医としての仕事が増える。患者に関する診断書や保険などの書類仕事もあるし、患者やその家族への説明や同意に関しては、自分で話をする必要がある。

さらに部長など役職が上になれば、今度は院内の会議も多くなり、調整に追われることになる。

朝倉はそんな日を想像してから、

（まだ遠い未来だよな）

まずは目の前の課題を一つ一つ片付けていくしかないと気持ちを切り替える。

「ほんと、疲れました」

そういう朝倉であるが、斉藤は余裕を感じ取ったのか、

「トラブルにも動じない朝倉先生は、きっと、いい医師になれる」

と褒めるのであった。

病院にいるとさまざまな非常事態に出くわすため、それは望ましい能力の一つだろう。もちろん、医師であれど人間である以上、多少なりとも当惑するのは当然なのだが、周りのスタッフや患者に不安を与えないような配慮は必要だ。

斉藤からの評価に、朝倉は嬉《うれ》しくなりつつも、

（……斉藤先生は清水を基準にしてるんじゃねえか？）

斉藤に熱血指導を受けていた慌てん坊の同期を思い出して、そもそも斉藤の評価基準が低すぎるのではないか、という気持ちにもなるのであった。

スタッフステーションに戻ると、時計が視界に入ってきて、朝倉ははっとする。

「ああ、もう午後の仕事が始まっちまう！　あと五分……まだ飯は食えるか⁉」

そんな様子を見て、斉藤は微笑《ほほえ》んだ。

「早食いができるなら、いい医師になれる。外科に向いているな」

（……斉藤先生、誰にでも言ってるんじゃねえの、その褒め言葉？）

安易な褒め方に、なんとなく胡散臭《うさんくさ》さを感じてしまう朝倉である。

もしかすると、医師たちがなんにでもこじつけて、軽くふざけながら自分の科に勧誘するやつなのかもしれない。

とはいえ、長年医師を続けてきた斉藤の言葉は研修医にとって重みがある。

「斉藤先生、ありがとうございました！」

「おう」

朝倉は斉藤に頭を下げると、急いで院内コンビニに向かうのだった。

2
沢井と終《つい》の住《す》み処《か》（1）

沢井詩織は緩和ケア科の外来で栗本の診察に同席していた。

診察の様子を見つつ、頭の中で患者の情報を整理する。

（胃癌《いがん》の全身転移で末期の方。痛みに対してナルサスを開始）

前回の外来で鎮痛剤として麻薬の使用が開始されたばかりであった。

癌による疼痛《とうつう》や呼吸困難感などに対して、医療用麻薬はよく用いられる。非合法の麻薬とは異なり、依存の生じにくいもので、緩和ケア科では日常的に使用される薬だ。

栗本は患者に優しい声音で尋ねる。

「吐き気や食欲はいかがですか？」

「問題ありません。先生のおっしゃるとおり、ようやく慣れてきました」

副作用として便秘や嘔気《おうき》、眠気《ねむけ》などが生じると言われているが、吐き気は時間がたつにつれて自然と慣れてくることがある。

栗本は穏やかな笑みを浮かべた。

「それはなによりです。痛みのほうはいかがでしょうか？」

「おかげさまで、すっかりよくなりました。これならなんとか、家でも生活できそうです」

「お元気になられて、嬉《うれ》しく思います」

「前は痛くて、夜中に何回も目が覚めたんですが、今はたまに目が覚めるくらいですね」

「いいですね。また眠れないようになりましたら、教えてくださいね」

食事や睡眠が取れない場合は、精神的な影響も及ぼす。患者の生活の質を上げるためには大事な項目だ。

栗本はそうした会話から、内服の調整は問題ないと判断して診察を終えた。

患者が退室した後、栗本は沢井に尋ねる。

「患者さんから受ける印象はいかがでしたか？」

「ええと……思ったよりも、明るく感じました」

「そうですね。私のところに来る患者さんは、たいていが癌《がん》を患っているわけで、もちろん受け入れがいい方ばかりではありませんから、病状を認識したがらなかったり、拒否的な態度になったりする方も多いです。それに緩和ケアはつらい症状を取るための治療であって、癌を治せるわけではありませんからね」

緩和ケア科の特徴から、患者が積極的に来たがる場所ではないのは無理からぬことではある。

もちろん、化学療法などの治療と同時に、疼痛《とうつう》の緩和は行われるべきでもあるのだが、緩和の方針になったら、もはや治療はせず人生はおしまいだと誤解している患者も少なくはない。

「大変な科ですよね。看取《みと》りも多いですし」

緩和ケアでは、終末期の対応も必要だ。人間、誰しも最後に行き着く先ではあるのだが、緩和ケアとしては死が近づく患者たちが最期を迎えるまで、ひいてはその後の、患者に関わる人たちのケアまでが仕事である。

「私よりも患者さんたちのほうがずっと大変ですから、私だけが大変な仕事をしているとはとても言えませんよ。なにより、その分だけ報われるとも思っています」

（……そうかな？）

沢井にはあまりピンとこなかった。

緩和医療の行き着く先は治癒ではない。

他科でも症状を和らげるための手術や投薬はあるし、進行を遅らせるだけの場合もある。とはいえ、明確に悪化し続ける疾患ばかりではない。

死という皆が嫌がる瞬間に向き合っていくのは、嫌な役割のようにも思われた。

「さて、次の患者さんですが……前に話していた剛田さんです」

大林、斉藤と一緒に相談していた患者だ。

偶然、大腸癌《だいちょうがん》が見つかったが、それ以外に進行した肺癌《はいがん》があり、手術や化学療法は適応にならなかった。

大林の外来を受診後に緩和ケア科の外来を受診する流れなのだが、先ほど診察が終わったばかりのためか、大林のカルテはまだ書きかけであった。

癌の告知に関しては行われているようだが、患者の反応が書かれていない。

「それでは呼びますね。……剛田さん、剛田昇さん。十番診察室にお入りください」

足音が近づいてくる。そして扉が開かれた。

剛田の眉は不機嫌そうにゆがんでおり、いかにもむすっとした顔である。

（うわ、嫌そう）

大林の外来受診では果たしてどうだったのか。

剛田の表情を見るに、和《なご》やかに終わったとは考えがたい。悲観的というよりは、拒否的な反応をしていたのかもしれない。

剛田は椅子にどっかと腰を下ろした。一方で栗本は和やかな雰囲気を崩さずに話しかける。

「緩和ケア科の栗本と申します。よろしくお願いします」

「……どうも」

「剛田さんとお話をしたく、今回お時間をいただきました」

「別になんも話すことなんてねえけど」

剛田はそっぽを向く。こんな診察などいらないから、早く帰りたいと態度で示してきた形だ。

（じゃあ、なにしに来たの）

沢井はつい、内心でそう感じてしまう。

けれど、研修医生活も半年を過ぎて、こうした患者にも慣れてきた。顔には一切出さずに診察の様子を眺める。

「おつらいことがあれば、なにか手助けできることがないかと思いまして」

栗本の言葉に、剛田は鼻を鳴らした。

「俺はなあ、大林先生にここに行けって言われたから来たんだ。こんな場所に用があったわけじゃねえからな」

（じゃあ帰ったら？）

沢井はストレートにそう思うが、口はしっかりチャックを閉めている。それから少しぎこちないかも、と口元の力を抜いた。

栗本は柔和な態度のまま話を続ける。

「まあ、そうおっしゃらずに。お話だけでも聞かせてください。お体の痛みはいかがですか？」

（や、優しい〜！）

剛田は一瞬だけ戸惑ったが、すぐに不機嫌そうな顔になる。

「そりゃ痛《いて》えに決まってんだろ。もう二年も前からずっとだ」

（そんな前からなら、早く来ればよかったのに）

沢井がそう思う一方で、栗本は共感を示す。

「それは大変でしたね」

「本当だぞ。二年もだ」

剛田はふと、目を伏せた。

沢井には一瞬、彼の素顔が垣間《かいまみ》見えた気がした。

（あ、そっか）

医師にとっては、「二年間も放っておいて増悪《ぞうあく》させた」という認識になる。他人事《ひとごと》と捉えてしまうのと、病院が日常の場所だからだ。

一方で患者からすれば、「二年間も耐えていた」という気持ちを抱くのだろう。そして、とうとう弱音を吐いてやってきた場所で今までなぜ来なかったのかと咎《とが》められたなら、たまったものではない。

剛田にとっては、ようやく救いを求めて行き着いた先で、その希望を断たれた心持ちになったのかもしれない。

（もっと早く、見つけてあげられなかったのかな）

精査がされないまま、悪化してしまうケースはよくある。

患者本人が医師に症状を伝えられなかったり、精査を希望しなかったり、医師と患者の信頼関係が破綻《はたん》していたり、転居や転医で中断されたりとさまざまな理由がある。

剛田について思考を巡らせていると、栗本が続ける。

「その痛みをなんとかしたいのですが、どんなときに痛むのか、どういう具合の痛みなのか、詳しく教えていただけませんか？」

「……別にいいって。痛み《こいつ》のことは、わかってるから」

「少しでも楽になったらと思いますが――」

「だったら……癌《がん》をどうにかしてくれよ！　緩和だか関羽《かんう》だか知らねえけど、あんたが癌を治してくれるわけじゃねえんだろ？　すぱっと切り取れるもんじゃねえんだ。痛みを取ったところで、どうせ癌は進んでいくんだろ？」

なかば投げやりな態度を取る剛田である。

「大林先生もさじを投げたんだ。俺を見捨てておいて……今更、いい面《つら》しようなんて、虫のいい話じゃねえか！」

剛田の目にはうっすらと涙が浮かんでいるようにも見えた。

（本当は……助けてほしかったんだ）

誰しも、悪い告知など聞きたいわけではない。癌は治りますと、そう言ってほしかったのだ。

けれど、医学には限界があり、彼の希望はどうあがいたって叶《かな》えられない。

誠実に向き合うことは、患者を傷つけることにほかならないのかもしれない。そうだとしても、医師である以上、聞き心地のいい言葉で騙《だま》すわけにはいかなかった。

剛田自身、内心では八つ当たりであることを理解しているのだろう。うつむきがちになって、荒い息をしていた。

栗本は彼が落ち着くのを待ってから話を再開する。

「……治すのは難しいと思います。ですが、つらい症状をなんとかできるように、一緒に考えていきましょう」

「どうにもならねえんだ。痛みとも付き合《こいっ》っていけばいいんだろ」

自分が一番わかっている、と彼は繰り返す。

頑《かたく》なな態度であり、栗本は少し話を変える。

「剛田さん、夜は眠れそうですか」

「寝れるわけねえだろ、こんな状況で！　それどころじゃねえんだ」

強いストレスと、痛みの影響だろう。

そして不眠はますます、彼を精神的に追い詰めてしまう。

「お薬で、少しだけでも眠れたら気持ちも楽になるかと――」

「いらねって、そういうの。忙しいんだ、この時期。通院してられねえ。稲刈りがあるんだよ」

地方で医師をしていると、農業や水産業に従事している患者も多く、入院や外来受診の期間などに関して、季節の影響を受ける。もちろん、稲刈りも重要かもしれないが、沢井にはそれどころではないように思われた。

剛田は立ち上がると、「そういうわけだから」と退室していく。こうなっては、もはや引き留めるわけにもいかない。

「困ったことがあれば、いつでもご相談ください」

「ん」

結局、次回予約は取らないことになった。患者が希望しないのなら、無理強いもできない。

剛田が扉の向こうに見えなくなると、栗本は沢井に向き直る。

「……これが私たちのお仕事です。どうですか?」

「ある意味……予想通りではありました」

「そうでしょうね。誰しも、自分が癌《がん》を患ったことをすんなり受け入れられるわけではありませんし、今回は突然の診断ですからね。……病院にほとんどかかっていない人こそ、健康体なのではなく、見つかっていない疾患がたくさんあるだけの場合が多いですから」

会社員の場合、退職したあとは会社の健康診断もなくなる。なにかしらの持病がない限りは、病院にずっとかからない人も珍しくはない。

とはいえ、患者にとっては寝耳に水、ゆっくり進行していたのではなく、いきなり最悪の事態が飛び込んできた印象になる。

「剛田さんは『わかっている』と言っていましたが……きっと、本当の意味で『わかっている』わけではないんでしょう。病気を受け入れて、自分の中で理解するまで時間はかかります。……難しいですよね。今回のように、急に宣告された方は」

「……告知まで、時間も取れませんよね」

「ええ。癌は今日明日に亡くなる疾患ではないものの、進行していきますから、受け入れやすいようにじっくり時間をかけてほのめかしてから告知する、というわけにもいきませんし」

病はそれぞれの事情など知りはしないし、待ってくれることなどありはしない。

「私たち医師は病気について詳しく知っていますが、患者さんは知りません。だから見えない先を教えて、受け入れるための手助けをしてあげる道しるべに私たちはなるべきでしょう」

漠然とした恐怖から、なんとか人生を見通せる形にしてあげられたらと栗本は言う。

（患者さんの視点かあ……）

研修医といえども、医師としての生活が長くなるにつれて、思考も非医療従事者とは異なってくる。沢井もその感覚は認識しつつあった。

彼女はそこで、はっとする。

（剛田さんは……元に戻りたい一心だったのかな）

平穏な日常を取り戻したいからこそ、病院に関わらず、今までどおりに稲刈りをする生活を続けていこうとしていたのか。

医師であれば、病院というのは日常の場所だが、剛田にとっては、いや応なしに癌《がん》というものを突きつけられる場所であったのかもしれない。

「治療したほうがいいと我々が思っていても、患者さんが受け入れてくれず、無力さを痛感することも珍しくはありません。……聞き心地のいい嘘《うそ》ばかりの『ニセ医学』に騙《だま》されてしまう患者さんもいて、ますますつらいものです」

ありもしない希望を見せる嘘の言葉にのめり込んでしまうのは、決して患者が悪いわけではない。弱っているとき、冷静ではいられないからだ。

沢井は、剛田がそんなことにならなければいいと願う。

栗本はカルテを記載しつつ、話を変えた。

「多くの科で、医師は看取《みと》りをすることになります。臨床医ではないのなら話は別ですが……緩和ケア科を回っているうちに、沢井先生なりの患者さんとの関わり方を身につけるヒントが得られたら、私も嬉《うれ》しいですね」

栗本はあくまで、自分は手助けをする立場というスタンスなのだろう。

「先生は……この仕事をつらいと思ったことはありませんか？」

「最初の頃は、いつも思いましたよ。私は父も母も癌で亡くしていますから」

「あ……」

突然の告白に沢井は言葉を失った。

が、栗本はいつもの穏やかな調子で続ける。

「気を遣わなくて結構ですよ。すでに受け入れた過去の話ですから。ただ……そうですね。癌を治す薬ができたらと思うことはあります」

「治せると……いいですよね」

沢井はそんなありきたりな言葉しか出なかった。

栗本は口元を緩めつつ、話をする。

「医師は……特に大学で研究や先進医療をやっている医師は治療を、予後がいい選択を優先しがちです。それも一つの正解の形でしょう。……ですが、それだけではないと思うんです」

「生活の質《QOL》、ですか」

「ええ。治療は患者さんのためのものですから、まずは患者さんの人生が少しでも豊かになることが一番大切だと思います。そのお手伝いが私の仕事だと自負しています」

（仏《ほとけ》かあ……）

沢井はそんな感想を抱く。

自分は将来、そこまで患者を中心に考えられるだろうか。それとも医師としてのプロフェッショナリズムを涵養《かんよう》する過程で、思考も変わっていくのか。

「緩和ケア科に来るまでは……大学で腫瘍《しゅよう》内科医として癌の治療もしていたんですが、どうやら私にはあの場所は肌に合わなかったようです。博士号を取ってからもしばらくは研究を続けていたんですが……忙しいばかりで成果も出ず、一向に前に進んでいかない現実から逃げるようにこの病院に来たんですよ」

多くの医師は研究の成果を学会で発表したり、論文を投稿したりするものの、大学院に入り博士号を取る医師は年々少なくなってきている。大学院での労働、研究環境は劣悪であり、博士号を持つ実質的なメリットはほとんどない。

それでも最先端の医学への熱意や、研究の面白さに突き動かされる医師は大学院を修了後も大学に残って研究を続けるが、地位のしがらみや競争などの人間関係に疲れたり、臨床、研究、学生教育といった多忙な日常に耐えられなくなったり、その道から外れる者も少なくない。

「もっとも、私にはそんな才覚などないようでしたから、賢い選択だったとは思いますよ。そちらは優秀な研究者たちに任せて、患者さんたちのお手伝いを始めたわけです」

そこまで続けてきたのに、キャリアを捨ててこの病院に来るのはもったいない、と沢井には感じられたが、栗本は今の生活に満足しているとのことだ。

「人間には必ず寿命がありますから、癌《がん》で亡くなる人が減れば、たとえば肺炎とか心不全とか、別の疾患で亡くなる人が増えるでしょう。そうとわかっていても……やはり癌で亡くなるのは悲しいものです。病気の苦しさや、治療のつらさもありますから」

何百という旅立ちを見送っても、慣れてなにも思わなくなることはないのだろう。

「そんな経緯もあって、なんとかしてあげたいと、今の緩和ケア科に辿《たど》り着《つ》いたわけです。患者さんに寄り添う毎日は私にとっては充実していますよ。……もちろん、癌治療を行う医師の仕事も大切ですが、私にはこちらが向いていていました」

医師は免許があれば働けるため、別の職種の社会人経験があったり、他科を経由したりと、遠回りする人も少なくない。それでも回り回って、自分に向いている場所や輝ける仕事が見つかればいい。

きっと、急がなくてもよいのだ。

「少し無駄話をしてしまいましたね」

「い、いえ！　無駄話なんて……」

「年を取ると話が長くなってしまいますが、付き合ってくれてありがとうございます。さて、診察を続けましょう」

「よろしくお願いします」

栗本から学べることは、医学だけではない。

患者との向き合い方、人生の在り方を、きっと見て学べるだろう。

沢井は少しばかり違った心持ちで、栗本の診察を眺めるのだった。

夕方、研修医たち四人は研修医ブースで過ごしていた。

今日は皆の仕事が早く片付いたため、ゆっくりできる。定時は過ぎたため、自分の用があればすぐに帰れるのだが、なにかと忙しい日々が続くと、残ることへの抵抗感がなくなってくる。

コロナ禍も本格化してきており、特に用がなければ出かけないのも一因だろう。空知地方では遊び歩く場所も限られている。

自然と、この居心地のいい空間にいるようになってしまった。高齢の医師たちが医局に住み着いているのも、それが理由かもしれない。

清水涼子は糖尿病《とうにょうびょう》の診療ガイドラインをぱらぱらとめくりながら患者の治療を考えており、風見司はパソコンの画面を見て何か思い悩んでいる。それぞれが思い思いに過ごして気を遣わなくていいのも、居心地のいい理由だろう。

風見はいったんパソコンから目を離すと、タブレット端末をじっと睨《にら》んでいる朝倉雄介の様子を眺める。

「朝倉が珍しく真剣な顔している」

スマホでネットニュースを見ていた沢井も顔を上げて言う。

「悪い顔してる。きっと、ろくなこと考えてない」

「そんなボロクソに言われるようなことしてねえからな。仮想通貨を買っただけだから」

仮想通貨ブームは過ぎ去ったものの、次のブームが来るのではないか、と医師や医学生の間で流行《はや》っていた時期である。

風見はあまり関心がなかったため、ピンとこなかった。

「よくそういうの買えるね。急に価値がなくなったりするの、怖くない？」

「だからこそ、少額で分散投資するんだよ。そもそも、なくなってもいい金でやるもんだ」

「なくなってもいい金かあ……そんなのないや」

「別にやらなくていいんじゃねーの。金がありゃ幸せってもんでもねえし、普通に働いてりゃ、給料も入ってくる。流される必要もねえし、いちいち資産の増減に一喜一憂するのもストレスだろ」

風見は確かに、と頷《うなず》く。

朝倉は以前からずっと投資を続けてきたが、未経験の者が社会人になって給与を得たからといって、無理に資産運用を始める必要はない。向き不向きもある。

清水は素朴な疑問を投げかけた。

「朝倉くん、いつもお金がないって嘆いてたけど、大丈夫なの？」

「うちの病院、当直代が高いからな。弟たちに仕送りしても、まだ余裕があるんだよ」

「それでどんどん金遣いが荒くなってきたのかあ」

「常に質素倹約でこつこつと投資してるだけだっての。というか、風見のほうが金遣い荒いだろ。最近、風見の机の周りごちゃごちゃじゃねーか」

朝倉が風見の机を示す。

コーヒーメーカーやお菓子、レトルトカレーなど食品関連のものや、洗面用具やタオル、着替えなどの生活用品、それからパソコンやモニターといった電子機器が一気に増えていた。

まるで自宅のような環境である。

「最近は週二で当直してるから、環境を整えようと思って。ほら、放射線科ローテだと患者さんを診察しないし、対応の仕方を忘れても嫌だから」

「そ、それは殊勝な心がけだと思うけど……」

「当直代がそれで消えるんだったら、本末転倒じゃねえか……？」

「家に物があまりないから、今じゃ医局にいるほうが快適なんだよね」

そう言う彼のパソコンのモニターには、オンラインショップで販売されている枕やマットが映っていた。

「もはや住んでるようなもんじゃねえか」

「……風見くん、体壊すよ？」

「そういう清水だって、いつも遅くまで残ってるよ」

そんな風見と清水であるが、朝倉は沢井と顔を見合わせて、首を横に振った。

「最初の頃は清水のほうがやべーやつだと思ってたが……風見のほうが社畜耐性は高かったな」

「逆だったのにね」

「ちょっと待って！　私、そんな印象だったの⁉」

「今じゃすっかり、当直嫌いのお嬢さんだもんな」

研修医でも仕事に慣れてくるにつれて、時間外は私生活を大事にするか、院内に残るかなど、考えも変わってくる。

四月の頃は当直に怯《おび》えていた風見は、今やすっかり慣れて、院外でやることがないからと当直に入りまくる状態になった。一方で清水は、最初の頃は勉強のためにと頑張って入っていたが、慣れるにつれて日常の研修に比重を置くようになった。当直ばかり入っていると疲労も溜《た》まり、普段の業務にも支障が出てくるからだ。

夜中に起こされてもすぐに寝付けるか、睡眠時間がどれほど必要か、緊急の呼び出しにどこまでストレスを感じるかなど、当直の影響は個々人で異なる。

それによって、行動も変わってくる。

「あれから半年もたつからね」

月日はあっという間に過ぎていく。

とりわけ、毎日新しい学びがある研修医のうちは。

「もうそろそろ、進路も決める時期になってきたよな」

年内には志望する科をある程度決めて、早ければ年明けには三年目以降の専門研修を受けるための病院見学に行き始める。

そのため今は必修科目以外に、自分の進路で考えている科を回り始める時期でもある。

人気病院では研修医二年目の四月にはすでに内定が出てしまうところもあるくらいだ。そうした病院を希望しない場合は慌てる必要はないが、遅くとも専門研修プログラムの応募が正式に始まる十一月までには決めなければならない。

「風見くんはなんだかんだで、臨床医になりそうだよね」

「どうかなあ？　今は当直や夜間のコールも頑張れるけど……十年後はわからないからなあ」

「おじさんだし、体力がないのもしゃーねえよな」

「まだおじさんじゃないから！　……いや、でも運動不足なのは否めないなあ。朝倉は仕事してるのに、よく毎日運動できるよね」

「体を動かさないとすっきりしないし、腹が出てきたら、まさしくおっさんだしな」

「ギクッ」

風見は大仰《おおぎょう》な仕草でお腹《なか》に手を当てる。最近、当直のときに小腹が空いて、お菓子を食べ過ぎていた。

目を泳がせる風見に対し、清水がフォローを入れる。

「だ、大丈夫だよ！　お腹が出てるのも愛嬌《あいきょう》があるから！　ほら、中村先生とか！」

「清水ちゃん、傷口に塩を塗っていくスタイル」

沢井も苦笑い。

風見は「ダイエット頑張ろうかなあ」と呟《つぶや》くのだった。

「皆は行きたい病院は決まってるの？」

清水が尋ね、三人は考える。

一年半後には、それぞれ別の病院に行くことになるだろう。出身大学も異なるため、大学の医局に入局した場合、関連病院は多少なりとも異なっている。

北海道は非常に広く、研修先の基幹病院は札幌《さっぽろ》、旭川《あさひかわ》、帯広《おびひろ》、函館《はこだて》と都市圏が多いものの、それらの距離は百キロ以上離れている。さらには新専門医制度が始まってから、医師不足解消のために地方の病院に行かされる傾向が強くなった。

もはや気軽には会えない距離だ。そうした理由もあって、どこに行きたいのかを言いにくい雰囲気も少々あった。

朝倉は一瞬だけ真面目な顔で沢井のほうに一瞥《いちべつ》をくれる。沢井が視線に気づいたときには、彼はおどけた調子に戻っていた。

「こだわりはねえけど……とりあえず、給料が高いところにする予定だな」

「朝倉くんはお金が好きだね！」

「好きっていうか……医師なんてサビ残が前提なんだから、せめて給料が高くねえと、割に合わないだろ」

「確かに」

沢井も頷《うなず》く。彼女の父親は開業医だ。

父が、患者からの時間外の相談も気軽に受けたり、経営に悩んだりする姿を見て育ったこともあり、金銭面には少し敏感になっているのかもしれない。

「でも、都会がいい」

沢井はやはり、都会の洗練された生活を希望していた。東京の大学に行っていたので、空知地方に戻ってきたとき、そのギャップを強く感じたのだ。

清水も研修環境を想定し、その意見には同意する。

「研修するなら、都市部の病院がいいよね。僻地《へきち》だと、教育どころじゃないし……」

「それはあるよなあ。地域医療を学ぶ意義とか、医療体制の維持のために必要なのはわかるけど……実際、地方で学べることは少ないから」

医局からの人材派遣も含め、若手が都合のいい駒になっている面は否めない。若手を地方に飛ばす制度を決めている専門医機構が東京の一等地にあったり、上の医師は地方に行かなくてよい制度を作ろうとしていたりと、問題になったのは記憶に新しい。

専攻医たちは、そうした政治上の思惑に左右されて混乱する制度の中で、研修をしている。

「ま、はっきり言って、地方病院に行くメリットは給料だからな」

地方に行くほど、医師を勧誘するために高給となっているが、医師は薄給でも高度な医療が行える病院を希望して札幌に集まりたがる習性がある。その極みが大学病院である。

「ということは、朝倉は地方に行くのかあ」

「まだわかんねえけどな。療養や美容って手もある」

急性期の最前線ではなく、一線を退いて慢性的な病気を抱えた高齢者を診《み》る療養型病院や、自由診療になる美容医療ならば、都市部でも給料は高い。

「都市部で給料が高くて、先端の医療もできればいいんだけどなあ」

「医師の世界はドロップアウトするほどに給料が高くなる世界だからな」

将来への不安があるからこそ、研修医たちはあれこれ悩み、自分の私生活と、医師としての研修とを天秤《てんびん》にかける。医師であると同時に社会人であり、生きていくための仕事でもあるのだ。

実際、薄給で研究や先進医療を行っている医師は、実家が裕福な傾向があるとも言われている。

朝倉は「少なくとも、俺は道楽で医師をやる気はないな」と口にする。弟たちが社会人として働き始めるまで数年もある。それまでは支援が必要だ。

とりとめもなく話をしていた彼らであるが、風見のピッチが鳴った。

「はい。研修医の風見です」

『救急外来の松本《まつもと》です。昼から尿《にょう》が出ないという患者さんが来ています』

風見のテンションが少し下がる。

その症状でなぜ時間外に来ないといけないのだろう。日中に受診すればよかったのではないか。

そこに追い打ちをかけてくる。

『救急外来を何度も受診している方です。今回もそんなに具合が悪くはなさそうですが……』

「ああ……もしかして、佐藤義男《さとうよしお》さん？」

風見が尋ねると、朝倉が「またかよ」と呟《つぶや》き、清水は苦笑いした。沢井は誰かわからずに首を傾げた。

『ええ。そうです』

「わかりました」

通話を終えると、風見は「いつものパターンみたいだ」とため息をついた。

電子カルテを開くと、これまでの佐藤義男の受診記録が残っている。看護師による記載のほか、医師による診察記事は直近では朝倉、清水、風見など研修医のものしかない。
二、三日に一回は受診している『常連』だが、日中の外来は一度も受診せずに、毎回必ず救急外来に来ているのだ。

症状は強いものではなく、高齢者によくある不定愁訴《ふていしゅうそ》――なんとなく体調が悪いなどはっきりせず、訴えが多岐にわたり安定しない症状――がほとんどだ。

検査が不要というわけではないが、急を要するものではないため、翌日の日中の受診を毎回指示されている。

「あのじいさん、何回言っても話を聞かないよな」

「自分の言いたいことだけ話したら、満足しちゃうんだよね……」

普段は優しい清水も、苦言を呈さずにはいられない。風見も今までの診察を思い出して眉をひそめた。

「それだけならいいんだけど……怒るんだよね。なんにもできないのかって」

「ガッツリ認知症あるんだろうな。毎回、前の受診もろくに覚えてねえし」

認知症により易怒性《いどせい》が強くなることがある。彼もそのパターンだろう。

「ほんと、なんで毎回救外ばっかり来るんだよ」

朝倉が少し苛立《いらだ》ち混じりに言う。

診《み》たことがないからと、それまで会話に入っていなかった沢井が返した。

「理由があるのかも」

これには朝倉は意外そうな顔をした。

「お、珍しく優しいじゃねーか」

「は？　いつも優しいでしょ」

朝倉を小突く沢井である。

「これのどこが優しいんだよ」

同意を求める朝倉であるが、風見と清水は穏やかに見守っていた。

「二人は仲がいいね」

「でしょ」

沢井まで同意すると、朝倉は困ったように頬をかいた。

それから彼は少しうわずった調子で元の話を続ける。

「ま、受診しない理由なんてたいしたもんじゃないだろ。あのじいさん、生活保護を受けてんのに、酒たばこ三昧《ざんまい》だぜ。仕事してんならともかく、いつでも暇だからな」

「そういうキャラなの……？」

そう聞くと、沢井も呆《あき》れた顔になった。

病院を受診している人の中には、生活が悪すぎるために健康を損なっている患者も少なくない。佐藤義男はその典型例のような人物であった。

風見が電子カルテをスクロールしていくと、「主訴：おしっこが出ない」などの記載が何度も見られる。

「あのじいさん、何回導尿《どうにょう》しに来てるんだよ」

「しかも、尿閉になっている原因は飲酒だからなあ……」

風見の前回のカルテ記載によれば、受診理由もまったく同じだ。今回も同様の診察をするしかない。

「明日泌尿器科《ひにょうきか》を受診してくださいって伝えても、きっとまた無視されるんだろうなあ……」

「だろうな。ほんとどうすんだろうなこれ」

果たして、どのようにすれば日中の受診に繋《つな》げられるのだろうか。

病院によっては、患者との信頼関係の構築が不可能とのことで、出禁にする場合もある。医師と患者は相互の信頼に基づき、治療を行うためだ。

とはいえ、地方の病院では断るとほかに行く場所もないからと、簡単には出禁にできないケースも多々ある。

「我慢できなくなっちゃうの、特に夜中が多いよね……三時とかに来ると……悲しくなっちゃう……」

救急外来の患者は緊急性に乏しいことも多く、その場合は時間外の対応は必要はないが、来てしまった以上は応召義務《おうしょうぎむ》があるため受けざるを得ない。

「行ってくるかあ……」

風見は重い腰を上げる。患者の情報を確認したなら、あとは診察するのみである。

「おう、そんじゃ俺は帰るかな」

「風見くん、当直頑張ってね！」

「ばいばい」

三人に見送られながら、風見は救急外来に旅立っていった。

「お疲れさまです。佐藤義男さん、今日も来ちゃいましたよ」

救急外来に到着するなり、看護師の松本が呆《あき》れた顔を見せた。

「今日はまだ、早い時間だからいいほうですけどね……」

「この前なんて、一日に三回も受診したんですよ。全部、救急外来。いったい、救急外来をなんだと思ってるんですかね」

「すぐに診《み》てもらえる便利な場所……ですかね」

「ほんとですよ。別の日なんて、ほかの患者さんが重症で忙しいとき、待ってもらってたら遅いって、怒って帰ったんですよ。それだったら、最初から来なくてもいいじゃないですか」

「まあまあ……」

松本はいろいろと不満があるようだ。

電話相談などはまず看護師が取るため、医師が診る回数よりも多く対応することになる。また、翌日に外来を受診するように言っても、結局我慢できずに来てしまうパターンもあるようだ。

「診察室に入ってもらってもいいですか？」

「ええ。入れてください」

やがて松本に連れられて、老人が入ってくる。

変色しきったジャンパーを着ており、汚れた帽子にはふけがついている。ズボンには染みが広がっていた。異臭が漂っており、しばらく風呂には入っていないようだ。そして酒やたばこの臭いもすさまじい。

よたよたしながら入ってきた佐藤義男は、風見を見ると帽子を取った。

「どうも、すんませんね」

「佐藤義男さんですね。風見と申します。よろしくお願いします」

「はいはい、風見さんね。おしっこがね、出なくてね。もう苦しくて。パンパンなんですよ。もう」

佐藤は風見のことを覚えていないらしく、初対面のような対応をする一方で、好きに話し始めると、慣れた様子で診察台の上に寝転がった。

さあ、準備はできたと言わんばかりの態度である。

（……処置については、しっかり覚えてるのかあ）

対応した相手は忘れているのに。もっとも、名前を覚えられていても、あまりいいこともなさそうだが。

「それじゃ、超音波で調べますね」

「はいはい、頼んますよ」

佐藤は服をガバッとたくし上げる。

風見は超音波診断装置《エコー》を立ち上げつつ、佐藤のぽっこりとしたお腹《なか》を眺める。下腹部の様子から尿《にょう》が溜《た》まっていると推測されるが、それ以外の部分も膨らんでいる。

（……前は便秘でも来てたなあ）

その原因も一度、しっかり調べておいたほうがよいのだろうが、時間外にするものではない。本日は尿閉の対応ということになる。

「先生、最近腰が痛いんですけどね。見えますか？」

「超音波だと難しいですね。整形外科を受診して詳しく調べてもらうのがいいと思いますよ」

「ああ、そうですか」

「今日はおしっこが出てこない原因を見ていきますよ」

超音波診断装置《エコー》のプローブを下腹部に当てると、パンパンに膨らんだ膀胱《ぼうこう》が映る。そしてさらに深い場所には、肥大した前立腺《ぜんりつせん》があった。

前立腺肥大により尿道が圧迫されて狭くなっているところに、アルコールの影響が加わって、今回の尿閉に繋《つな》がったようだ。

（たぶん、癌《がん》ではないけれど……）

肥大しているとなると、それが癌なのかどうか、鑑別が必要になる。前立腺に関しても、泌尿器科で診《み》てもらったほうがいいだろう。

無論、それも再三伝えてきており、延々と無視され続けている状況だから、今更どうすればいいのか、というやけっぱちな気持ちがないでもない。

それから腹部の左右から超音波診断装置《エコー》のプローブを当てる。腎臓《じんぞう》に異常は見当たらない。尿閉が続くと尿が溜まって、膀胱だけでなく上流の腎臓にまで及んでしまい、感染を来《きた》すことがある。そのため確認したのだが、問題はなかった。

であれば、対応は尿《にょう》を抜いてあげるだけだ。

「それじゃ、おしっこを出しますよ」

風見が声をかけると返事がない。

その代わりに……。

「ぐがあ……」

大きないびきが聞こえてきた。

風見もこれには苦笑いである。

松本は眉をひそめながらも、「導尿しますね」と言って淡々と業務を行う。

「佐藤さーん！　おしっこ抜くための管を入れますよ！」

「んが……はっ⁉　ああ、はいはい」

わかっているのかいないのか、曖昧な返事をする佐藤である。

松本は慣れた様子で患者の尿道に細い管であるカテーテルを入れていく。風見はその様子を見つつ、声をかける。

「前立腺肥大《ぜんりつせんひだい》がありますが、入りそうですか？」

「ちょっと抵抗ありますけど、大丈夫ですよ」

しばらくして、カテーテルから尿が流出し始めた。先端が膀胱《ぼうこう》内まで到達した証拠だ。

「はあー……楽になってきた」

「佐藤さん、毎回、こうして病院に来るのも大変でしょう」

「いんや。大丈夫。お気遣いどうもどうも」

佐藤は松本に手を振る。

（いや、気遣いではないんじゃ……？）

そう思う風見であるが、来院が大変でないのなら、日中に来てほしいものである。

だから、今回もダメそうではあるが、一応説明することにした。

「このままだと、何回もおしっこが出なくなって、苦しい思いをすることになってしまいます。明日の朝に泌尿器科《ひにょうきか》の外来を受診してください。詳しい検査をして、おしっこを出すいい方法も考えてくれるはずですから」

「はいはい」

尿の流出が止まると、松本はカテーテルを抜去する。

佐藤はいそいそとズボンをはいて起き上がった。

「そんじゃ、どうもね」

「明日、絶対来てくださいよ」

「はいはい。それじゃあね」

よたよたしながら、佐藤は救急外来を出て行く。

くたびれた背中を見ながら、風見は沢井の言葉を思い出し、目を細めた。

（救外ばかりに来る理由かあ。……患者さんの姿って、病院を受診しているときしか知らないからなあ）

医師が目にするのは「患者」としての姿であり、私生活を目撃しているわけではない。訪問診療や自宅での生活環境を確認するための家屋調査に行くことはあるとはいえ、基本的に病院を受診したその瞬間しか直接知りはしないのだ。

（わからないよなあ。他人の事情は）

長い付き合いがある人でさえ知らない側面があるし、家族であっても、わからないことがある。風見はしばらく会っていない両親をふと思い出した。

工学部の大学院を卒業後に医学部に編入した風見は学生の期間が長く、働き始めたばかりだ。そのため、医師になってからも気まずくて一度も実家には帰っていない。

立派な医師になったと胸を張って言えるわけでもない。だから、今でも躊躇《ちゅうちょ》してしまっていた。家族ですらこれだというのに、診察のほんの瞬間にしか会わない患者のことは、医学的な情報収集だけで手一杯だ。

患者から話をうまく聞くのが得意な医師もいるが……。

（そうはなれそうもないよなあ）

あまり社交的ではない自分の性格を振り返ると、そういう結論になってしまう。

もし、患者との対話が得意であれば、佐藤義男との付き合い方も変わってくるのだろうか。彼が出て行った扉を風見は眺めていた。

3
沢井と終《つい》の住《す》み処《か》（2）

北海道も十月の終わりに近づくと気温はかなり下がってくる。季節は一気に切り替わり、十月下旬から十一月の上旬にかけて、山地では初雪が確認されるようになる。

一方で北海道の家屋は断熱性能が高く、室温はかなり高めになる。沢井詩織は暖かな医師住宅で、ソファに腰掛けてアイスを食べていた。北海道には冬でも暖房をつけてアイスを食べる文化があるのだ。

忙しい平日とは異なり、今日は呼び出しもなく、のんびり過ごせる休日だ。リラックスしながらスマホで友人のＳＮＳを眺めていた沢井だが、投稿の中に結婚指輪の写真を見つけてしまった。

コロナ禍なので結婚式は行われない、あるいは延期される傾向が強くなっており、沢井は東京の私立医学部から空知地方に戻ってきたため、友人たちとは都道府県が異なり、仮に結婚式があったとしても出席がはばかられる状況ではある。だから、いつの間にか友人が結婚していたことに対して、寂しさがあるわけではない。

しかし……。

（どうしよ）

沢井自身、焦り始めていた。

学生時代から仲のよかった同級生カップルたちが次々と結婚していく。昨今の女性医師の結婚は非常に早く、研修医の期間に入籍するか、あるいは相手との予定が決まっている人が多い。

研修が終わった三年目以降は非常に忙しくなり、さらには男性医師たちも次々と結婚してしまい、候補がドンドンいなくなるからだ。

女性医師は結婚相手に同じ医師を望む傾向が強いのみならず、そもそも院内に独身の男性スタッフが少なく、婚活は年々難しくなっていく。

友人の中には、六年間同じ顔しか見ない医学部の中では出会いがなかったため、マッチングアプリで知り合った人と付き合った者もいる。

しかし、沢井は社交的なほうではない。初対面の人と話せる自信なんて皆無だ。デートの約束を取り付けたとしても、しどろもどろになって疲れ果てる自信しかない。

沢井はカレンダーを眺める。一枚めくると、もう十二月が見えてくる。

――クリスマスが近づいている。

毎年、医学生たちはこの時期が近づくと盛り上がる。同級生の誰がいいとか、同じ部活の人や交流戦で他大学の医学生と仲良くなったとか、クリスマスを前にして活発になり始めるのだ。

去年は国家試験前だったため、沢井はあまりクリスマスを気にしていなかったし、そもそも付き合っている彼氏がいた。

しかし、空知地方に戻ってきてから別れており、そこからはずっとフリーの状態だ。声をかけてくる人もいなかったし、院内では仕事を覚えるのに必死で、それどころではなかった。

今も仕事はいっぱいいっぱいだが、少しばかり余裕が出てきたし、このまま人生を医学だけに捧げるほど、プライベートを犠牲にするつもりもなかった。

そしてなにより、気になる人も――

沢井はクローゼットを開けて衣類を眺める。最近は病院と宿舎の往復ばかりで、東京にいた頃と比べると、シンプルな日常着ばかりになっていた。この田舎の空知地方でおしゃれをしたところで、という思いがないわけでもなかったが……。

もうすぐ冬になる。冬着はおしゃれなものにしてもいい。

引っ越しの際に衣類はまとめて実家に送ったが、衣替えに合わせてここに持ってこようか。

沢井はそんなことを考えながら、メッセージアプリを立ち上げる。

ただの同期から休日にメッセージが来るのは迷惑だろうか。そもそも、どう思われているんだろうか。自分は愛想はよくないし、可愛げがないのもわかっている。

それでも、嫌がられているわけではない……はず。

（……そのはず）

仲がいいと言われたときの彼の顔を思い出して、本当はどうなのか、と少しばかり不安になる沢井であったが、大丈夫と自分に言い聞かせる。

それからメッセージを打ち込むのだが……。

（ちょっと長いかも）

普段、あまり積極的に話すほうではないが、文章だと考えてから打てるため、思ったよりも長くなってしまった。

ちまちまと削ったり、打ち直したりして十分ほど過ぎてから、暇かどうかをさりげなく尋ねるメッセージを送った。

既読はつくだろうか。

(意外とマメだから、すぐ返信来るかも)

軽薄そうに見えて、根は真面目で優しいし、頼りになる。優秀で気遣いもできるし、顔もかっこいいし、ファッションセンスもいいし……などと考えている自分に気がついて沢井は面はゆくなる。

――いつからだろうか、彼のことを意識し始めたのは。

最初は軽い男と思っていた。彼自身があえてそう振る舞っているし、きっと印象としては間違いじゃない。けれど、困ったことがあれば助けてくれる思いやりがある。

思い返すのは、救急外来で患者に殴られそうになったとき、彼がすぐに駆けつけてくれたことだ。患者に暴言を吐かれた嫌な記憶だったはずなのに、今となっては、浮かぶのは彼の表情ばかり。

この気持ちが、恋愛感情というものかどうかはわからない。ただ結婚を焦っているから、彼の見た目がいいから、開業医の父も医師が相手なら喜ぶだろうから、といった条件を見ている自分がいるのも確かだ。学生時代と違って、純粋な気持ちだけで向き合うのは難しくなっていた。

けれど、お相手を考えたとき、彼以外の人はまったく思い浮かばないのは間違いない。

沢井は落ち着かない気持ちで窓の外を見る。よく晴れており、外出するにはちょうどいい。

窓の外に見える駐車場には、一人の女性がいた。確か、栄養士の雪野《ゆきの》だ。

普段は皆が同じ制服を着ている院内でしか会わないため、そこまで目立たなかったのだが、上品な私服を着ているとかなり目を引く。

病院によっては全職員が入れる宿舎が用意されている場合もあるが、この住宅は医師専用だ。なんでここにいるんだろうかと考えていると、車庫から車が出てきた。

あれは……朝倉の車だ。

（タイミング、悪かったかも）

出かけるタイミングでメッセージを送ってしまったなんて。まだ既読もついていない。

そう考えていると、朝倉の車に雪野が乗った。

（……え？）

なんで、彼の車に？

困惑する沢井をよそに、車は動き出してしまう。

自分の知らないところで交友関係があったのだろうか。

朝倉はスタッフの誰が可愛いとか、そんな話をしていたこともある。雪野はかなりの美人だ。

可能性としては十分あり得る。

「どうしよう」

沢井の呟《つぶや》きは、それから何度か反復された。

朝、沢井は医局の研修医ブースに来るなり誰かいないかと見回したが、人気《ひとけ》はなかった。清水の荷物があるから、彼女は早く来て病棟に行ったのだろう。風見はまだ来ていないがぎりぎりまで寝ていて、慌てて出勤してくるに違いない。朝倉はいつもこのくらいの時間には来るが……。

「おはよ。なんかあったか？」

後ろから声をかけられてびくっとしながら振り返ると、朝倉が立っていた。

「な、なんでもない」

「そっか」

「うん」

朝倉が自席に着くのを沢井は横目でちらりと見る。

結局、土曜日に朝倉から返事が来たのは昼過ぎであり、旭川に行っているとのことだった。

（……なにしに行ってたんだろう）

彼に聞くこともできず、悶々《もんもん》としたまま土日を過ごした沢井であった。そして今も気になりつつも、尋ねられずにいる。

そもそも、プライベートについて深掘りするのは失礼だろう。普段、朝倉に対してずけずけと尋ねる沢井であるが、あくまで彼自身が許容範囲としている内容であるのが前提だ。

女性関係まで口出しする仲ではないように思われた。

「お土産だけど、食う？」

朝倉はクマのキャラクターが描かれたポテトチップスの袋を持っていた。

「深川？」

「旭川に行った帰りに道の駅に寄ってきたんだ」

北空知にある深川市は米の産地として有名だ。道の駅では新鮮な野菜や米が売られているのだが、鮮度や重量の関係でお菓子を土産に買ってきたのだろう。

米油を作っている深川油脂工業の商品であり、このポテトチップスはじゃがいも、こめ油、塩だけで作られているのがウリだ。

沢井はまじまじとクマのキャラクターを眺める。

（朝倉は雪野さんと一緒にいたこと……隠してないのかな？）

雪野とは、気軽に出かけただけなのかもしれない。だったら、気にしないでおくほうがいい。今の関係を続けるためにも。

「ありがと」

沢井はポテトチップスをつまんだ。

軽くふんわりとした食感と素朴な味わいが広がる。ついつい、もう一つ、二つと欲しくなってしまう。

「おいしい」

「空知の食いもんはうまいよな」

「うん」

「自粛で飯を食いにも出かけられなかったけど、せっかく空知にいるんだし、外食くらいしたいよな。……沢井にとっては地元だし、そういう感覚じゃないか」

「ううん。久しぶりだから」

六年ぶりに戻ってきたため、慣れ親しんだ場所というより、懐かしいという感覚が近い。

（……もしや）

朝倉自身はあまり気にしたそぶりではないのだが、一緒にご飯に行こうというお誘いではないのか。

期待してしまう沢井である。

「Ｇｏ Ｔｏ Ｅａｔキャンペーンも始まったし、国のお墨付きってことで、そろそろいいんじゃないかとは思うけどな」

飲食店を救うために打ち出された施策であるが、新型コロナウイルス感染症の感染拡大の要因になるのではないかと懸念もされていた。一方で、医療と経済のどちらを優先するのか、いつまで自粛をすべきなのかなど、相反する考えがあり、このキャンペーンはとりわけ世間で騒がれていた。

「ま、それでコロナにかかったら、医療従事者のくせに危機感が足りないとか、気の緩みだとかって、袋叩《ふくろだた》きだけどな。嫌な世の中だぜ。行くとしても少人数で、混んでないときだな」

新型コロナウイルス感染症にかかることよりも、世間の目のほうが恐ろしい、というのが実情かもしれない。若年者はほとんど重症化しない特徴もわかってきている。

なんとしてでもおいしいご飯が食べたいというわけではない。ただ、これから先、新型コロナウイルス感染症がずっと収まらなかったとしたら、いったいいつまでこの生活を続ければいいのだろうという不安がある。

自粛のために、自分の未来まで閉ざされてしまうのではないか。ひたすら仕事だけを続けていく道はあるし、そんな女性医師もたくさんいるが、その生き方が自分に合っているとはとても思えなかった。

沢井は迷いつつも、勇気を出して言ってみる。

「……じゃあ、二人で行く？」

「そうするか。緩和ローテの当番はどんな感じだ？」

「今はないよ。土日もフリー」

「よし、いつでも行けるな」

あれよあれよという間に決まってしまった。

具体的にどうしようかと考え始めたところで、朝倉のピッチが鳴った。

「はい、研修医の朝倉です。……はい。わかりました。今から伺います」

時計を見れば定刻より少し早いものの、科によっては本日の業務が始まりつつあるようだ。

「そんじゃ、検査に行ってくる。またあとでな」

「行ってらっしゃい」

沢井は朝倉を見送ってから、彼が残していったポテトチップスを眺める。

（くまちゃん、ありがと）

会話のきっかけを作ってくれたクマに内心でお礼を言いつつ、はにかむ沢井である。

それから彼女も支度をするべく、まずはスクラブに着替えに行くのだった。


緩和ケア科の外来で、沢井は本日も栗本の診察に同席していた。

栗本は予約の患者たちに手際よく対応していく。

(すごい)

沢井は素直に感嘆する。

患者対応がおざなりにならないようにしつつ、しっかり話を聞いていて、それでいて手早い。

緩和ケア科では、患者も悩みを抱えた人が多く、訴えも多くなりがちだ。しかし、無駄な時間がなくなることで、そこまで診察が長くならずに済んでいる。

「先生はすごく手際がいいですが……診察のコツはありますか?」

栗本は電子カルテ上で診察記事を書きながら沢井の質問に答える。

「私は特別なことはしていませんよ。外来は時間がかかるから待たせがちになりますが、体がつらい患者さんも多く、いつも申し訳ないと思っています。それでも極力、遅くならないように、私のほうであらかじめ情報を整理しているわけです」

先にこれまでの経過を思い出したり、どう対応するかを考えたりしておき、患者側ではなく医師の側の遅延要因をできる限り少なくしているとのことだ。

要するに前日のうちに予習をして、必要なオーダーなどはあらかじめ入れておくのだ。外来の待ち時間が短くなる分だけ、別のところで時間を取られているわけでもある。

（それも患者さんのため）

待たせてもよいのであれば、当日にまとめてやったほうが楽ではあるだろう。しかし、そうしないのは、ひとえに栗本の思いやりだ。

そこにスタッフが入ってくる。

「先生、予約外で診《み》てほしいという方がいらっしゃっていますが、よろしいでしょうか？」

「ええ。どなたでしょう？」

「剛田昇さんという大腸癌《だいちょうがん》と肺癌《はいがん》の患者さんで、前回受診時には病状の受け入れが不良で定期受診には至らなかった方です」

「あの方ですね。困ったことがあれば来ていただくように伝えていましたが……症状が増悪《ぞうあく》したのでしょうか」

「先週から息苦しさが強くなったと訴えておられて、我慢できなくなって受診したとのことです。酸素飽和度《サーチ》は93％でした」

「わかりました。今は予約の方がまだ来ていませんので、先に診てしまいましょう」

「ありがとうございます。呼びますね」

スタッフが待合廊下に出て、剛田昇を呼び入れる。

ふらふらしながら入ってきた彼は、随分やつれた顔をしていた。

（つらそう）

前に見たときとはまるで別人だ。威勢のいい態度はすっかり鳴りをひそめていた。

「剛田さん、こんにちは。どうぞおかけください」

「すみません」

彼は決まりが悪そうな顔をしていた。

心変わりするのか、虚勢が剥《は》がれるのか、末期の患者の態度が変わることは少なくない。自分の身に今後起こりうる出来事を受け入れていく過程の一つなのかもしれない。

栗本は剛田の様子から察して、受診までの期間のことは尋ねずに、穏やかに今の症状を尋ねた。

「苦しさはいつもありますか？」

「特に寝るときがひどくて……体が重くて重くて、もう寝てられないんだ。先生、お願いします。なんとかしてください」

剛田はそんなふうに懇願する。

頑張って耐えて耐えて、それでもどうしようもなくなってしまったのだろう。

「そうですね。お薬や生活のことも一緒に考えていきましょう」

「お願いします」

剛田は少しだけ、ほっとした顔を見せた。このつらさから逃れる方法があるだけで、心持ちも変わるのか。

「痛みのほうは強くなっていますか？」

「前よりずっと痛いんだ。脇腹がジクジクとしてる」

「それはおつらいですね」

「前までは、こんなんじゃなかったんだ」

癌《がん》が進行しているのだろう。

それを抑える術《すべ》はなくとも、少しでも元の生活に近づけられたらいい。

「お食事は取れていますか？」

「なんとか毎日三食、詰め込んでる。これがなくなったら、もうダメなんじゃないかって思うと、食うしかないから……」

食事を大切に考える患者は多い。実際、栄養の観点からすると間違ってはおらず、自然な生き方をしているのであれば、食事を取らなければ餓死に至ることになる。

しかし、病院という場所にいると、点滴などで栄養を入れる方法がある。

（どうするのが、剛田さんにとって正解なんだろう）

今はまだそのときではないが、いずれは考えなければならない問題である。

沢井が遠くない未来のことを考えている一方で、栗本は主治医として、目の前の患者の診察を続ける。

「採血をして、レントゲンを撮りましょうか」

「お願いします」

たとえ癌が治せずとも、感染症など別の要因があるのであれば、そちらは治療していけるだろう。

いくつか話してから、栗本は剛田に告げる。

「医療用麻薬というお薬で、苦しさや痛みを取るのがよいかと思います」

「麻薬……ですか」

あまりよい反応をしない患者も少なくない。

けれど、わらにも縋《すが》る思いで来た人には、そこまで受け入れが悪いわけではない。それだけ、患者たちの苦しみが強いということでもあろう。

「一般に言われる麻薬とは異なって、普通に使用していれば依存などの問題はほとんど起きません。私たち医師が管理しますので、そこはご心配なさらずとも大丈夫ですよ」

「それで苦しさが取れるのなら……」

「ただ、使い始めに吐き気が出たり、眠気《ねむけ》や便秘などの副作用が出たりします。剛田さんは今、とてもおつらいようですし、苦しさが取れるまで入院での調整でもよいかと思いますが、いかがでしょうか？」

「入院すると……退院できるんでしょうか？　家に戻りたいんだ」

彼はおそるおそる尋ねる。

自分がこれから先、どうなるのか。元の生活を続けられるのか。不安があるからこそ、病院に来られなかったのだろう。

「ええ。体調がよくなったら、帰りましょう。剛田さんの望む生活ができるように調整していきますから」

剛田はほっとした顔を見せると、改めて深々と頭を下げた。

「先生、入院を……お願いします」

「わかりました」

「家族には弱いところを見せられねえって、気張ってきたんです。仕事のことはずっと俺がなんでもかんでもやってたし、関係者に迷惑をかけるわけにもいかねえ。……けど、とうとう使い物にならなくなって、見かねた女房に病院に行けって言われちまいまして。人間、こうなると弱いもんですね」

熱心に仕事を続けていたからこそ、満足に仕事ができなくなった自分の変化に戸惑ったに違いない。空元気《からげんき》を見せていても、家族には見透かされていたのだろう。

栗本は優しい声をかける。

「剛田さんは頑張られてますよ」

「長く生きたいとか、贅沢《ぜいたく》は言いません。でも……もう一回、家族とも元気に過ごせたらって思うんだ。だから、お願いします」

「はい。一緒に頑張りましょう。……それでは検査の後、またお話しいたしますので、いったんかけてお待ちください」

剛田はゆっくりと退室していく。その足取りは少しだけ、落ち着いて見えた。

栗本は検査のオーダーを出してから、カルテを記載する。

「診察中に書いたほうが早いのでしょうけれど、やはり患者さんと向き合って話をしないと伝わらないこともありますから」

（栗本先生、ずっと患者さんのほうを見てた）

信頼関係を構築する上で、大事なことなのかもしれない。

とはいえ、大勢の外来患者を捌《さば》くに当たって、カルテの記載や検査オーダーを出しながらの診察は避けられない場合も多々ある。

忙しさの問題から、顔だけ患者のほうをしっかり向きながら、ものすごい勢いでブラインドタッチでカルテを記載し続ける医師もいるとか。

「先生は診察がお上手ですね。私は、うまく話をまとめられる自信がないです」

「そうでもありませんよ。患者さんが求めている内容は人によって異なりますし、いつも手探りです。それに、予約外だったのであまり時間も取れませんでした。今は具合が悪いところですし、アドバンス《A》・ケア《C》・プランニング《P》の話は入院後に落ち着いたところでしましょう」

アドバンス《A》・ケア《C》・プランニング《P》とは、将来の変化に備え、今後の治療について、患者やその家族、医療従事者たちによるチームで繰り返し話し合いを行い、患者の意思決定を支援するプロセスのことである。

たとえば心肺蘇生《CPR》は希望するのか、点滴は最後まで続けるのか、その場合は中心静脈という太い血管を用いて大量の栄養を入れるのか、普通の末梢点滴《まっしょうてんてき》だけにするのか、といった具合に医療をどこまで希望するのか考えていく。患者の価値観や望みに合うように医療を提供すべく行われるのだ。

（私にできることは……）

きっと沢井がぱっと思いつく内容なんて、栗本の日常業務の中に組み込まれている。自分はここにいて、なんの役に立てるだろうか。

悩みつつも、一緒に剛田の生活のことを考えていけたら、きっとそれは無駄ではないと思うのだ。人の数だけ考え方もあるだろうから。

やがて様子を窺《うかが》いつつ、スタッフが外来診察室に入ってきた。

「先生、剛田さんのご家族も来てくれるそうです。家族の仲はいいようでした」

「わかりました。つらいときに支えてくれる家族がいるのなら、それがなによりです」

とりわけ末期の状態となれば、どんな名薬よりも、きっと患者の人生を豊かにしてくれる。彼らとの関係性を知るのは医学的にも意味がある。

病気だけでなく患者の生活を見ることも大切なのだと、沢井は少しだけ実感できた気がした。

4　沢井と終《つい》の住《す》み処《か》（3）

土曜日、沢井詩織は車の助手席に乗っていた。生死が絡んだ重苦しい医療現場を離れて、リラックスできる時間である。

隣を見れば、朝倉雄介が運転している。今はほかの研修医たちはおらず、二人きりだ。

普段は気軽に接しているのに、今はなにを話せばいいのかわからない。賑《にぎ》やかなＪ‐ＰＯＰが流れているものの、楽しい雰囲気とは言いがたかった。

（どうしよう）

沢井が話題を探していると、朝倉が一瞬だけ視線を向けてきた。

「沢井は行ったことあるんだっけ？」

ふいに話しかけられて、一瞬、なんのことかと反応が遅れるも、すぐに行き先の話だと思い至る。

北海道の菓子店『北菓楼』の砂川本店に向かっているのである。空知地方の砂川には、菓子店やカフェが点在しており、『すながわスイートロード』と呼ばれている。

「シュークリームを買いに行ったことはあるけど、カフェはないよ」

「なおさら、楽しみだな」

「うん」

北菓楼の砂川本店と札幌本館にはカフェが併設されており、ケーキやオムライスが楽しめる。料理が楽しみなのはもちろんだが、沢井は朝倉と二人のお出かけという事実で頭がいっぱいだった。

だから病院以外の話題を振ろうと考えていたのだが、そうなると思った以上に話が出てこない。いかに仕事が日常生活の大部分を占めているかを実感する。

「音楽、よく聞くの？」

「毎日、なにかしら聞いてる気がするな。誰かとドライブするときはＪ‐ＰＯＰが多いけど、一人で朝のランニングをしているときは洋楽ばかりだ」

「ランニングの習慣、まだ続いてるんだ」

「最近は寒くなってきたし、ジムに行こうかって考えてるけどな」

「滑って転ばないでね」

「骨折してうちの病院にかかるのも気が引けるし、気をつけるか。沢井が当直の日なら遠慮はいらないな」

朝倉が冗談を言い、沢井も笑いながら返す。

「そしたらボルサポ入れてあげる」

「やっぱり遠慮しておきます」

骨折は痛みが強いため、即効性があり強めのボルタレンサポ座薬が痛み止めとして使われることも多いのだが、知り合いに突っ込まれるのはあまり気分がよろしくない。

（あ……）

気づけば、また病院に関係する話になっている。そもそも、二人きりなのだから華やかな話をすべきだったかもしれない。

「お、もうそろそろだな」

道路沿いの電柱には北菓楼の広告が出ていた。

沢井はマップを見ながら場所を確認し、朝倉を誘導する。しばらくして緑の植物が並ぶ合間から白い建物が見えた。

「ここか。ちょっとわかりづらいよな」

「大きな看板があればいいよね」

周囲に大きな目印もなく、通り過ぎてしまいそうになる。

車を駐車場に止め、二人はいよいよ店内に足を踏み入れる。

まずは菓子作りの実演コーナーが目に入るが、今はコロナ禍ということで、そこで作ってはいないようだ。

「何人か待ってるみたいだし、注文を決めたら、お菓子を見ていようか」

「うん」

朝倉は予約の紙に名前を書いて、沢井と一緒にメニューを眺めてから店舗内を巡る。

「沢井は甘い物をよく食べるんだっけ」

「うん、ケーキとかチョコとか、お菓子は好きだよ。しょっぱいのも好き」

沢井は大きく陳列されている『開拓おかき』に目を向ける。空知総合病院に来てさほどたっていないときに、朝倉と一緒に食べた記憶があった。

あのときはそんなに意識していなかったけれど、今となっては遠い昔の出来事のようにすら思われる。

「目移りしちゃうよな」

店内にはバウムクーヘンやチョコレートなど、さまざまなお菓子がある。そして北海道の空港のお土産として定番のシュークリームも好評だ。

「やっぱ北菓楼といえばシュークリームだよな」

「ソフトクリームも外せない」

二人はそんなことを言いながら、なにを買おうかと眺める。

「夕張メロンゼリーもうまいよな」

「贈り物にも喜ばれるよね」

オレンジ色に輝くゼリーには、たっぷりの果汁が含まれている。きれいな見た目からも贈り物にちょうどよい。

あれこれと話しているうちに、二人が買おうとしているものは決まってきて、ようやくカフェからも呼ばれた。

「お待たせいたしました。二名でお待ちの朝倉様でいらっしゃいますか」

「はい」

「ご案内いたします。こちらへどうぞ」

カフェの一面は開放的なガラス窓となっており、柔らかな日が差し込んでいる。

席に着くと、沢井は決めておいたメニューを告げる。

「オムライスとケーキセットをお願いします」

ケーキセットは十数種類ある中から選べるケーキと、シフォンケーキ、ソフトクリーム、ドリンクのセットで非常にお得だ。北菓楼を訪れたからには、一度は食べておきたい。

「俺はビーフカレーとケーキセットでお願いします」

「かしこまりました」

沢井はケーキをいろいろと食べてみたいので「一口ちょうだい」と言ってみたところ、朝倉は快諾してくれた。

もしかすると、初めて二人で出かけたにしては距離感がちょっと近いかもしれない。けれど、いつも一緒にいるから、これくらいのほうがちょうどよかった。

先に飲み物が届いたので、沢井はココアを口にする。上品な甘みがあった。

朝倉はコーヒーをブラックで飲んでいた。なんとなく、彼と比べて自分は子供っぽいような気もしてしまった。

それから少し雑談をするのだが、

（……なんか、朝倉、余裕っぽい）

もしや「デート」ではなく、「同期との飯」と認識しているのか。

女性に慣れすぎていて余裕があるのだとしても、沢井が女性として意識されていないのだとしても、どちらもあまり嬉《うれ》しくはない。かといって話題を振ってくれないと会話が持たないので、緊張されすぎても困る。

自分でも無理な期待だとはわかっていても、沢井はそう考えてしまう。

「いい匂いだな」

厨房《ちゅうぼう》からは、料理のいい香りが漂ってくる。

「ね。楽しみ」

「久しぶりの外食だから、普段食ってるものとの差で卒倒するかもしれねえ」

朝倉が冗談を言う。

「普段はどうしてるの？」

風見司はいつも半額弁当を食べているイメージがあるが、朝倉に関しては、これといった印象は持っていなかった。私生活が淡泊なせいか。

「土日にスーパーで食料を買い込んで料理したり、総菜を買ったり、たまには一人で酒のつまみを作って晩酌とかだな」

「偉いね」

「といっても、男の一人暮らしだぞ。沢井が想像するような料理ではないいんじゃねえかな」

「私もいい加減になっちゃったよ。面倒で」

「遅くに帰ると、丁寧な料理を作る気になれないよな」

医師の仕事は急な残業やオンコールも多く、当直で家にいない時間もあるため、生活は不規則で自炊とは相性が悪い。

「あ、でも休日はたまにお菓子を作るよ」

「そりゃいい趣味をお持ちで」

「今度作ったら、お裾分けする？」

「ありがたいな。楽しみにしておく」

「うん、頑張るね」

朝倉が食べたいのはなんだろうか。これをきっかけに休日に会えたらいいな、なんて期待もしてしまう。

やがて料理が運ばれてくる。オムライスは黄色い卵がきれいだし、カレーはじっくり煮込まれていかにも食欲をそそる。

「いただきます」

二人はマスクを外す。

普段、病院で外す機会はあまりないため、なんだか気恥ずかしい。スタッフの大半の素顔は知らないし、マスクの付け替えのとき、たまに見かける機会があるくらいだ。

一方で研修医同士だと同じブースにいるから、朝倉がマスクを外して昼食を取っているときに素顔は見たことがある。

とはいえ、近い距離で正面から見るのはこれが初めてかもしれない。

「黙食」ということで会話もできず、意識が視覚に集中すると、普段のおちゃらけた雰囲気のときはあまり気にしていなかったが、整った顔立ちに目が引かれてしまう。

（かっこいいかも）

朝倉を眺めていると、彼がお裾分けのジェスチャーをするので、沢井もオムライスを彼の皿に移した。

まずは彼からもらったカレーを口にする。具だくさんで牛肉の味わいがあり、ほどよい辛さが食欲を刺激する。

とてもおいしいのだが、どう表現していいのかわからない。

沢井は少し考えてから、あまりお行儀がよくないものの、スマホのメッセージアプリを立ち上げた。


しおり『おいしい！』

朝倉はメッセージの受信音を聞いて、自分もスマホのアプリを立ち上げる。沢井のメッセージに既読がついた。

朝倉　『最高だな！』
しおり『お肉がおいしい』

朝倉　『柔らかくてほろほろと崩れるのに、食感はしっかりしているのがいいな』
しおり『食レポ？・笑』
朝倉　『素人《しろうと》の感想（笑）』

無言のまま、静かで賑《にぎ》やかな食事が続く。

沢井はオムライスを口にする。卵はふんわりして、濃厚な味わいがある。そしてこちらも具だくさんで、牛肉がごろごろと入っている。

しおり『絶品！』
朝倉　『味付けが絶妙だな。うますぎて言葉にならない』
しおり『文字打ってるじゃん笑』
朝倉　『言葉が口から出てこないからいいの（笑）』
しおり『でも本当においしいね』
朝倉　『これなら無限に食えるな』

最初はそうしてメッセージを打っていたが、次第に食べるほうに集中し始める。スプーンを使う手が止まらない。

結構なボリュームがあるものの、ぺろりと平らげてしまう。

メインの料理は食べ終わったから、デザートを待つ間、またマスクをつけて話をしてもいいのだが、メッセージでのやりとりが妙に自然にできたので、沢井はそのまま続けることにした。

しおり『満腹。満足した』
朝倉『じゃあ、ケーキは食べられないな。俺が代わりに食べてあげよう』
しおり『それは別腹だから笑』

すらっとした見た目の割に、食べるときはしっかり食べる沢井である。今日はカロリーを気にしない日なのだ。

しおり『ケーキ、半分こしよ』
朝倉『そうしよう』
朝倉『ショートケーキ、形的に半分にするの難しいよな』

扇形であり、縦に切る位置はぱっと見で精確にはわからない。
そこで沢井が名案を出した。

しおり『じゃあ水平に切って上と下で半分こしよ笑』

朝倉『そのほうが切るの難しいだろ（笑）　そんなにイチゴ食いたいの？』
しおり『うん。イチゴ好き』
朝倉『じゃあ、イチゴはやるよ。けど、上のクリーム総取りはダメだ（笑）』
しおり『やった！　ありがと！　朝倉紳士』
朝倉『だろ？』

そうして話がまとまったところでケーキセットがきた。

一つのプレートの上にシフォンケーキとソフトクリーム、そして選んだケーキがある。

朝倉はイチゴのショートケーキを器用に切り分けて、沢井の皿に載せる。もちろん、イチゴは沢井のものになった。

そして沢井はガトーショコラを朝倉にあげる。

朝倉『さんきゅ』
しおり『いただきます！』

イチゴのケーキはシンプルながらも、イチゴの酸味とクリームの甘さのバランスがちょうどよい。

ガトーショコラはしっとりした食感が楽しく、クドすぎないチョコの風味がすっと広がる。

しおり『おいしい～！』

朝倉　『最高だよな！　ソフトクリームも本当にうまいな」

しおり『食べるの早いね』

朝倉はもはやソフトクリームに手をつけていた。溶ける前に食べきってしまおうとしているのか、はたまた食欲が止まらないためか。

沢井もソフトクリームを口にする。なめらかな舌触りに、牛乳の上品な味わいが乗っている。

しおり『とろけちゃう！』

幸せいっぱいの沢井である。

朝倉も絶品のデザートを堪能していた。おいしそうに食べる彼の顔を見て、沢井は口元を緩めた。

それから食事を終えると、マスクをつけて一息つく。

「ごちそうさまでした」

「おいしかったな」

「うん。とってもおいしかった。また来たいね」

「食べたくなったらいつでも言ってくれよ。車を出すからさ」

「頼もしいね」

今は意識せずに一緒に出かける話もできた。大収穫と言える。

カフェでは順番を待っている人もいるし、あまり長居するのもよくない。朝倉はお会計を、と立ち上がった。

「いくら？」

「俺が払うからいいよ」

「朝倉、大丈夫なの……？」

「給料もあるし、株価も右肩上がりで資産は増えたし、心配はいらないぜ。格好つけるくらいの余裕はあるからな」

「ありがと。じゃあ、ちょっとだけ。お気持ちあげる」

沢井は千円札を一枚渡した。

朝倉は大仰《おおぎょう》に礼をする。

「ありがたく頂戴《ちょうだい》します」

千円でここまで喜んでもらえるなら、野口英世《のぐちひでよ》も本望だろう。

朝倉はクレジットカードでさっと支払いを済ませる。

「これからどうする？　時間もあるし、ジェラートでも食いに行くか？」

「シュークリームも買うのに、まだデザート食べるの？」

「別腹だからな」

沢井の言葉を引用して笑う朝倉である。

本気で言っているわけでもないのだろうが、近くには岩瀬牧場があり、そこで放牧されたホルスタイン牛から取れた牛乳を使ったジェラートが有名であり、行きたい気持ちになるのは理解できる。

「この辺りにうまいものがありすぎるのが悪いんだよな」

沢井は小さい頃から空知に住んでいるため、いろいろと店が思い浮かぶ。

食べたばかりではあるけれど……。

（一緒にいられるなら、それでもいいかも）

今の雰囲気は悪くない。甘いデザートの話題に反してあまり甘い空気ではないけれど、自然な姿でいられて居心地がいい。

このまま家に帰るより、そのほうが絶対にいい。

「岩瀬牧場、行こ」

「そうこなくちゃ。運転は任せとけ！」

食いしん坊の二人はシュークリームを買い終えると、再びドライブを始めるのだった。

牧場に向かって市街地を東に進んでいくと、道路沿いに青々とした芝生が広がっている。

「きれいな芝だな。なんにもいねえけど……」

「春から秋までは、馬が見られるよ」

「へえ。そうなんだ」

「『ソメスサドル』って知らない？　革製品のお店なんだけど、ここが本店だよ」

「馬具の会社か」

「うん。ここはショールームでバッグとかお財布とかが置いてあるよ。前に来たときにお父さんが買ってくれたの」

「もう通り過ぎてしまったし、帰りにでも寄ってみるか？」

「うん。行こうね」

二人はドライブを楽しむ。

その近くには『北海道子どもの国』がある。滑り台などの遊具があったり、キャンプ場があったりと、屋外での遊びを満喫できる施設だ。

「沢井はよく来てたのか？」

「あんまり外遊びは好きじゃなかったけど……お父さんが連れてきてくれたときは、楽しかった思い出があるよ」

「いい親父さんだな」

「うん。いつも仕事優先だったけど」

「それは……仕方ないいんじゃないか」

開業医であれば、かかりつけ患者の対応は必須だ。昔は休診日や終業後でも、診察してくれと言われることもあったようだ。

今はそういう時代ではなくなったから、ある程度はプライベートが保障されているようだが、やはり仕事中心の生活には変わりないだろう。

医師になった今なら沢井もそのことは理解できるが、小さい頃はもう少し遊んでくれてもよかったのに、と思っていた。

「開業医も大変だよ」

「だな。黙っていても給料が入ってくる勤務医は開業医の売り上げを羨ましがるけど、隣の芝は青いってやつだ。経営者としての仕事もあるし、気軽に休めないし」

患者が集められなければ売り上げが足りず赤字になるリスクがあり、従業員に関するトラブルなどで経営を続けられなくなる可能性もある。おいしい面ばかりではない。

「……朝倉はあんまり、開業には乗り気じゃない派？」

「精神科ならともかく……ほかは初期投資が必要だろ。正直、そのリスクを負うなら、不動産投資のほうがやりたいな」

「医者らしくないね」

「そうか？　最近の医師は投資が大好きだろ。医業が年々儲《もう》からなくなってきたからさ」

「確かに……それはそうかも」

高齢の医師ではほとんど聞かないが、若手はだいたい、そうした話題に興味を持っていた。働き始めてから、大学の同期も「つみたてＮＩＳＡ《ニーサ》」を始めたと聞いていた。

「まあ、俺が開業したところで患者に気に入られる自信もないから、たぶんやらねえな。売り上げのいい医院を安く譲ってもらえる好条件なら考えるけど」

朝倉はそう言って笑う。「世の中に都合のいい話はありゃしねえけど」と付け足しながら。

沢井は、父の医院は今後どうなるのだろうか、と考える。自分が継がなければ、廃業になるか、誰かに事業を譲る形になる。

父は自分の交際相手にも期待するだろうか。いつか、彼と一緒に……。

そんな思いが浮かぶも、今は楽しい時間だ。余計なことを考えるのは後回しでいい。

ずっと続く道路沿いの田畑をしばらく眺めていると、岩瀬牧場の看板が見えてくる。左手には直営のイタリアンレストランがあるが、先ほど昼食は取ったため、今回は右手にあるジェラートショップを訪れる。

店舗の前の駐車場に車を止めてから店に向かう。側《そば》の芝生の上にはベンチが置かれており、カップルたちが楽しげにジェラートを食べていた。

(私たちも同じようにカップルに見えるのかな?)

沢井は朝倉の空いている手をつい意識してしまうが、その手が入り口の扉にかかったので、意識を店内に向けた。

白を基調とした明るく開放的な空間が広がっており、こぢんまりとした店舗だが人気店のため客は多い。

ケーキも置かれているが、今回はそこまでお腹《なか》に余裕がないため、予定通りジェラートを選ぶことにした。

「どれがいいかな」

「なんといっても牛乳がウリだからな。『しぼりたて』は外せないだろ」

「ジェラートは牛乳っぽさが強すぎないほうが好きかも。『バニラ』にしようかな」

あれこれと話しているうちに、注文が決まる。

ダブルがお得なため、二人ともそちらを頼んでみる。

「『しぼりたて』と『ヨーグルト』お願いします」

「かしこまりました」

店員が真っ白なジェラートをよそうのを見ながら、沢井が笑う。

「見た目、ほとんど一緒じゃん」

「ダブル感が全然ないな」

朝倉が受け取ると、続いて沢井が自分の分を注文する。

「『バニラ』と『クリームチーズ』をお願いします」

「沢井のも真っ白じゃねえか」

「朝倉に合わせてあげたの」

「そりゃどうも」

二人は真っ白なダブルのジェラートを手にして店を出る。

今日は晴れているため気温は高く、少し涼しいくらいで快適な温度だ。

テーブル付きのベンチに並んで腰かける。

「朝倉の一口ちょうだい」

「おう。どうぞ」

「えいっ！」

沢井が朝倉のジェラートにプラスチック製のスプーンを突っ込むと、思った以上にガッツリ取れてしまった。

「めっちゃ一口でかいな」

「失敗しただけ。普段は小食だから」

「そういうことにしておこうか。沢井のもらっていいか？」

「うん。お返し」

朝倉も沢井のジェラートにスプーンを突っ込む。

「話してるうちに、どれが何味だったか、忘れちまった」

「食べればわかるよ」

「だな。いただきます」

二人はマスクを下げてジェラートを口にする。

しおり『ヨーグルトだった。爽《さわ》やかな味！』
朝倉　『バニラだな。濃厚でうまい』

いずれも牛乳の甘みがしっかりと感じられる。

それから二人は別の味を試してみる。

しおり『クリームチーズ、臭みもなくて、優しい味わい』

朝倉　『しぼりたて、しっかり牛乳だ』

しおり『当たり前じゃん笑』

二人はそんなメッセージを送りながらジェラートを、そしてこのひとときを楽しむ。

コロナ禍で制限も多いけれど、この瞬間はきっと、今だけしか得られない幸せな時間だから。

沢井はジェラートを口にする。ほんのりと優しい甘みを感じながら。

◇

剛田が入院した数日後。

病棟のカンファレンスルームには剛田とその家族が来ていた。同居の妻だけでなく、別居の三男も一緒だ。

栗本と沢井も同席しており、看護師たち他職種も加わって、緩和ケアチームとしてアドバンス《A》・ケア《C》・プランニング《P》を行っていた。

剛田とその家族は賑《にぎ》やかであり、普段の様子がうかがえる。

「死んじまったら、そこで終わりだろ。無理に生き返してほしいなんてわがまま言うほど、ごうつくばりじゃあないな」

剛田は、心臓マッサージを意味する胸骨圧迫の項目は「希望しない」に丸をつけた。

三男はすかさず茶々を入れる。

「親父は心臓が止まっても、また動き出しそうだけどな。すぐには死なないだろ」

「馬鹿言うんじゃねえ。ったく」

「そうよ。お父さんも夜中にのたうち回ってたから、もうダメかもって覚悟してたんだから」

妻が告げると、剛田も申し訳なさそうな顔をする。

心配をかけないように振る舞っていても、長い付き合いだと、わかってしまうものだ。

「ま、ゾンビになるくらいなら、ぽっくりと死にたいな。意識がないままになったら、いつまでも長生きして、迷惑ばかりかけるっていうだろ？　挿管《そうかん》もダメだな」

気管挿管の項目も「希望しない」を選択した。

剛田の妻はそんな様子を見ながら微笑《ほほえ》んでいた。

「お父さん、荒れてたし、青白い顔してたからどうなるかって思ったけど……こんな元気になってくれてよかった」

妻は笑顔を見せる。彼女もまた、剛田と不安を共有していたのだろう。治療は患者本人のみならず、家族の生活をも変えるのかもしれない。

「元気ってことがあるか。癌《がん》だぞ癌」

「その憎まれ口も久しぶりね」

二人の楽しげな様子に、沢井は目を細める。心の底から楽しんではいないだろう。それでも癌患者だからといって常に悲観一色に染まるわけではなく、その中にも小さな幸せを感じる瞬間はあるものだ。

剛田は癌以外に大きな問題はなく、内服の調整で痛みや倦怠感《けんたいかん》はある程度取れており、自宅退院に向かっていくところである。身体的な苦痛が取れたため、精神的にも少し余裕ができてきたのかもしれない。

「あんな田んぼなんか捨てて、農家も廃業しちまうかって思ってたけど、こいつが戻ってきてくれるって言うんでね」

札幌で働いていた三男が帰ってきてくれることになったらしい。

剛田は彼を見て、少し気恥ずかしそうな顔を見せた。

「ちっぽけな田んぼだ。先祖代々受け継いできたこと以外、なんにも誇れるもんじゃない。わざわざ田舎に戻ってきてまで、継ぐもんじゃねえけど……」

「あらあら、お父さんったら。こんなこと言ってますけど、夜中に泣いて喜んでたんですよ」

「馬鹿野郎、こんな場所で言うやつがあるか！」

「親父、素直に喜んでくれていいんだよ」

「かあー！　可愛くねえ！」

癌《がん》を患っているという点を除けば、普通の家族の会話だが、話題は自分が亡くなったあとのことについてである。

「遺言書も書かないといけないな。長男坊のやつ、見舞いに来なかったから、あいつには一銭もやらねえぞ」

そんな冗談を言って剛田は笑うのだ。

自分の先行きが受け入れられなかった剛田は今、よい死に方を考えている。後ろ向きな理由ではなく、残りの時間を有意義に使うために前を向こうとしているのだ。

(皆で話ができて、よかった)

沢井は素直にそう感じる。

悲観が強すぎる患者など、悪い方向に行きかねない場合はアドバンス《A》・ケア《C》・プランニング《P》は行うべきではないが、剛田のようにある程度、自分の今後を受け入れている状況では意味を持ってくる。

入院する前後で、彼の医学的な予後が大きく変わったわけではない。それでも彼の未来は少しばかり変わってくれたのかな、とも思うのだ。

きっと、栗本が言うところの、患者の人生が少しでも豊かになるためのお手伝いはできただろう。

剛田の最後の過ごし方がおおむね決まったところで、彼は栗本に頭を下げる。

「先生……最初に受診したときは、すんませんでした」

「気にしないでください。皆さん、おつらい気持を抱えていますから。剛田さんが少しでも楽になってくれたなら、私は嬉《うれ》しく思います」

栗本が微笑《ほほえ》むと、剛田の妻が「まあ」と声を上げる。

「あんた、こんないい先生に怒鳴ったんでしょ。なんてことするの」

「治療できねえって言うし、どうしていいのかわかんなくて、気が動転してたんだ。俺が死んだあと、お前の生活もあるし、なんとかして生きねえとって」

責任感から気負いすぎてしまったようだ。家族で話すことができたのは、その点からもよかったと言えよう。

「親父がいなくても、俺が稲刈りは終わらせたから、安心して隠居していいよ。もう年なんだからさ」

「いっちょ前の口利きやがって」

剛田は三男を小突きながらも嬉しそうであった。

それから栗本は退院の話に移る。

「自宅の環境が整ったら、今週中に退院しましょうか」

「そうですね。……先生、お世話になりました」

「いえいえ。ご自宅でも仲良くお過ごしください」

栗本は言葉を選んだのだろう。「元気に過ごしてください」と言うのも「またなにかあればご相談ください」と言うのも、病気が関わるため、あまり剛田にはふさわしくないと思ったのかもしれない。

だから少し差し出がましいものの、家族仲良くと、彼が望む生活に対する言葉をかけたのだろう。

剛田たちが退室すると、スタッフ全員で少し話した後、栗本と沢井はカンファレンスルームを出た。

「先生が『お手伝い』と言っていた理由がわかった気がします」

「主役は彼らですからね。私たちが目指すところは、人生の名助演なんです」

一人一人の人生を、少しだけ明るくしてあげる仕事だ。その意味を、このローテートでは十分に学ぶことができた。

沢井は緩和ケア科もいいな、と思うのだった。

5　風見と画像、心の読み方

放射線科ローテートとして、風見司は今日もＣＴ画像を眺めていた。院内でＣＴが撮られると、空知総合病院ではほぼ全例に放射線診断専門医による読影レポートがつく。

それにより見落としを防ぎ、放射線科の知見が診察に加わることになる。

風見も放射線科の研修として画像を読んでレポートを書き、それに放射線科医によるチェックがなされる。

一つ一つを丁寧に確認していた風見であったが……。

（うん？）

ＣＴを撮影した患者の中に佐藤義男を見つけた。

日付や時間を確認するも、時間外に撮ったものではない。つまり、日中に受診したのだ。

（奇跡が起きた……？）

佐藤義男はあれほど日中の受診をしなかったというのに、なにがきっかけだったのか。

困惑する風見であったが、電子カルテを開くと、救急搬送されてきたことが看護師の記載からわかった。

やはり自らの足で来たわけではなかったらしい。

主訴は体動困難であり、ＣＴのオーダーは清水涼子の名前で入っているため、内科で見る方針になったようだ。高齢者では感染によりぐったりして動けない場合もあるが、突然動けなくなったのであれば、脳梗塞《のうこうそく》などの脳血管疾患による麻痺《まひ》も考えなければならない。

風見は以前の佐藤義男の様子を思い出す。

（いつもよたよたしてたよな……）

単に足腰が弱くなっていたり、整形外科的な疾患により歩けていなかったりするのみならず、以前から長い経過を辿《たど》って、足の動きがとうとう悪くなり、歩けなくなって救急搬送された可能性もある。そうなると、神経疾患や癌《がん》なども原因として挙げられる。

風見はＣＴ画像を開くと、マウスのホイールをコロコロと動かして、断面を変えていく。頸部《けいぶ》から下腹部まで全身が撮影されており、一つ一つの臓器をしっかり、問題ないかと評価する。

肺は問題ない。肺底部に白い影はあるものの、おそらくは陳旧性《ちんきゅうせい》の肺炎だろう。高齢者では、症状がなくとも不顕性誤嚥《ふけんせいごえん》を繰り返して肺炎の痕が残っていることは珍しくない。

「うーん、ちょっと厚いかな……」

胃の壁が普通よりも厚ぼったく見える。

解像度の限界もあり、胃のヒダが写っているだけの場合もあるため、確実ではないものの癌の可能性もある。

膵臓《すいぞう》には白い点々が写っており、慢性膵炎による石灰化の所見だろう。いつも酒を飲んでいたから、その影響と思われる。胆嚢《たんのう》には胆石があるが、食生活が偏っている影響か。いずれも今回の主訴とは関係ないだろう。

さらにスクロールしていくと……。

「うわ……」

脊柱《せきちゅう》、いわゆる背骨はＣＴで白く写るのだが、その形が明らかにおかしい。全体的にぼこぼこと不整形であり、本来ある場所以外にも広がっている。

これは癌だ。もしかすると、これが背中の神経を圧迫して脳からの信号がうまく伝わらなくなったのかもしれない。

「日中に来てほしいとは言ったけど……」

こんな形でしか、来られないとは。

風見は嘆息しつつ、ＣＴ画像を眺める。大腸の壁も厚い印象がある。便秘をして何度も救急外来を受診していたが、それも癌の影響かもしれない。

風見は画像所見を読影レポートとして記載していく。

表現に迷うところは書籍で確認したり、放射線科医の他のレポートと見比べたりして、なんとか一通り書き終える。もうすぐ放射線科ローテートも終わるため、随分と慣れたものだ。

（黙々と画面に向かうのも、悪くないよなあ）

ひたすら画像と向き合い続けるのも、アリかもしれない。

風見は特別、人付き合いが得意なわけではないし、長時間の外科手術に耐えられる体力があるわけでもない。来年のことを考えつつ、風見はもう一度佐藤義男のカルテを開く。

カルテには、清水の追加の記載が増えている。佐藤義男は、どうやら疼痛《とうつう》による体動困難が疑わしいとのことであった。

（それにしても……清水は立派だなあ）

カルテにはCT画像についての記載がきっちりとなされている。多くの知識を身につけ、それを基にたくさんの画像を見る経験を積み、だんだんと読めるようになってくるのだが、彼女がきちんと記載できるのは、これまでの努力の賜《たまもの》だろう。

「頑張らないとなあ」

放射線科医になるのであれば、画像診断の専門家としてのレベルが求められる。いずれの科であっても専門的な内容が求められるのは当然であるが、CT画像に関してはオーダーした科の医師がまず読むことになる。

清水は放射線科医になるつもりはないだろうが、どの科に行っても、きっとしっかり画像を読むだろう。

だから風見が放射線科医になるのであれば、少なくとも画像に関しては彼女より豊富な経験と知識がなければ、役に立たないとも言える。

「楽な道なんてないよなあ」

どの進路を選んだとしても、自分の技術と知識を深めていくしかないのだ。

研修医はまだ、なにかしらの専門性があるわけではない。だからこそ将来、自分が頼られる存在になれるのだろうか、と未知の領域のようにも思われるのだった。

「痛《いて》えんだ。なんとかしてくだせえ」

ストレッチャーの上でうめきながら、搬送されてきた佐藤義男は告げていた。

「痛み止めを使いますね」

「はいはい。そうしてください」

「アセリオ1000mgを十五分で落としてください」

清水が指示を出すと、看護師が点滴の痛み止めを準備する。

内服のものよりは点滴のほうが薬剤の量も多く効果は高いが、この痛み止めの成分アセトアミノフェンはそこまで強いものではない。とはいえ、腎臓《じんぞう》の機能が悪くても使えるため、まず使用されることが多い。

なにしろ腎機能は加齢とともに衰えていくので、高齢者ではたいてい、慢性腎不全になっている。そして佐藤義男も例に漏れず、腎機能は悪かった。いや、佐藤の場合は「腎臓」が悪いというより――

清水は採血結果を表示させる。

（血液検査結果《ラボデータ》が真っ赤だ……！）

異常値を示す結果がずらりと並ぶ。

早く終わる検査から先に、採血の結果が電子カルテ上に登録されていくが、ようやくすべての結果が出揃《でそろ》った。

清水は今後の方針を考える。

（転移性脊椎腫瘍《てんいせいせきついしゅよう》なら整形だけど、原発巣の精査をするなら内科だよね）

今回の主訴はおそらく脊椎腫瘍による痛みと下肢のしびれだ。佐藤義男は腰の痛みと足がびりびりするのをなんとかしてくれと繰り返している。

しかし、ＣＴの所見からは脊髄《せきずい》の圧迫はあるだろうが、下肢の麻痺《まひ》はまだ出現していないようであり、緊急で手術をする状態ではない。そもそも佐藤義男は日中に一度も受診していないため、仮に手術をするとしても、まず心機能や呼吸機能の評価も必要だ。

（どうするのがいいかな）

清水は考える。

今は内科を回っている研修医であり、内科に振るのが妥当なところか。とはいえ、たいていの病院で研修医は担当医には入るものの主治医にはならないため、誰かに入院をお願いする必要がある。

癌《がん》の原発巣がはっきりしていれば、内科の中でも専門科の先生に頼むが、そうでない場合や複数疾患が併存していると判断に困る。たいていは患者のファーストタッチを担当した内科医が自分のところである程度検査を進めてから他科に振ることになるため、これは研修医だからこその悩みとも言えよう。

（中村先生は……忙しいよね）

今は中村の下についているとはいえ、頼みやすいからと彼ばかりにお願いするわけにもいかない。人がいい医師には仕事が集中する傾向がある。

どうすべきかと考えていると、救急外来の扉が開いた。

入ってきたのは大林である。彼は先ほど何度か、佐藤義男のカルテを開いていたが、様子を見に来てくれたようだ。

「大林先生、お疲れさまです」

「お疲れさまです。清水先生、困ったことはありませんか？　診断はつきましたか？」

清水はどこから話そうかと思案する。

指導医へのプレゼンは、カンファレンスであればしっかりと話すし、こうした場では長々と話していたら本題に入れないため、簡潔に話したほうがよい。

そして大林は佐藤の搬送の状況も知っており、カルテも見ているようであったため、少し前置きしてから本題に入ることにした。

「ＣＴでは転移性骨腫瘍《てんいせいこつしゅよう》のほか、胃癌《いがん》、大腸癌《だいちょうがん》を疑う壁肥厚《へきひこう》があり、今後入院精査が必要かと思います」

「ええ、私もそう思います」

大林が頷《うなず》く。

（あっ……）

清水はそこではっとする。検査には上下部内視鏡検査をすることになる。消化器内科医として大林は来てくれたのだ。

コンサルトしようかどうか、と迷っているときに、その患者について聞くなり颯爽《さっそう》と駆けつけてくれるフットワークの軽い医師は頼れてかっこいいものである。

「主訴に対してはどう対応しますか」

「整形外科にコンサルトをしようかと思いますが、佐藤さんの全身状態を考えると、運動麻痺《まひ》などもありませんし、放射線照射による疼痛《とうつう》緩和が望ましいかと考えます」

「はい。その方針でいいと思います。入院はどうしますか。私が主治医になりましょうか？」

「お願いしても大丈夫でしょうか？」

年次が上の医師になるほど、下に入院を任せる場合は多くなる。入院患者がいると、昼夜平日休日を問わず、ことあるごとに電話がかかってくるため、体力的に厳しいというのもあるだろう。だから、大林からのこうした申し出は非常にありがたいと同時に、定年退職後も第一線で働き続けるベテラン医師としての風格を感じさせる。

(沢井ちゃんは大林先生はかっこいいって言ってたけど……働いているところ、本当にかっこいいよね)

いつも紳士的な態度を崩さない大林は、自分が主治医として佐藤義男を入院させる旨を看護師に伝えつつ、清水にも向き直る。

「形式的に私が主治医になりますが、清水先生は自分が主治医と思って仕事をしてくださいね。困ったことがあれば何でも相談してください。必要と思った検査は積極的に進めていいです。研修医としてではなく、医師として患者さんに向き合うようにしてください」

大林は厳しいことを言いつつも、しっかりと面倒を見てくれる。研修医制度が必修化される前から医師として働き始めた経歴もあり、厳しい状況で働き続けてきたからだろう。

そんな彼は、患者の前にいるからには研修医であっても一人の医師であり、研修中という立場を言い訳にしてはいけないのだと説く。

「頑張ります！」

清水は気合いを入れると、佐藤義男に入院や今後の治療についての説明をしに行くのだった。

風見が本日の読影に関するフィードバックを眺めていると、放射線科医の座間がやってきた。

「お、風見くん。精が出るね」

「とても勉強になりますし、楽しいです」

「うーん、いいね。部屋にこもってパソコンをカタカタしている生活を楽しめるのは、もう才能だね。うん、よし、風見くんは放射線科医になろう！」

座間は仰々《ぎょうぎょう》しく両手を広げた。対する風見は真面目な顔を向ける。

「最近はそれもいいなって思っています」

「だよね。向いてる」

「適当なこと言ってません？」

「そんなことないよ。研修医によっては、このじっとしている生活が嫌になって、体を動かしたがる人もいるからね。亀《かめ》のようになれる風見くんは天才だ！」

「褒められてる気がしないんですが！　むしろ悪意がありません!?」

「僕と同類ってこと！　褒めてるよ！　ははは！」

二人はそんな楽しげな様子で話をしていた。

ローテートも終わりに近づいており、そうなると指導医と打ち解けた状態になっている研修医も珍しくない。

「おっと、そうだ。これから放射線を当てる人がいるんだ」

「あ、もしかして佐藤義男さんですか？」

「知ってたの？」

「朝方にCTを撮っていたので、そうなるかなあと思っていました」

「うーん。目の付け所が違うね。放射線科医の素質はバッチリだ」

座間はおどけつつも、風見を手招きする。

そして別のパソコンのところで、佐藤義男の放射線照射について説明をする。

「早速、照射範囲を決めていこう」

画像上で放射線を当てる範囲を選択していく。極力、癌《がん》のあるところに当てて、正常な部分は外すようにするのだ。

「まあ、研修医が盛り上がる内容でもないんだけどね。オペとか手技と違って、ぽちぽちとマウスをクリックするだけだし」

「大事な仕事だと思いますよ」

「そうだよね。うん、そのとおり！　そう言ってくれる人がいないと、僕もおまんまの食い上げだからね！」

座間は笑いながらも、テキパキと仕事を進めていく。

「佐藤義男さんに病状説明《IC》は済ませておいたから、もう少ししたら放射線をかけますよって教えてきてもらえるかい？」

「はい。行ってきます」

放射線照射の準備が整うまでの間、風見が佐藤義男の部屋を訪れると、彼は痛む腰をさすっていた。

「佐藤さん、もうすぐ準備ができますから、待っていてくださいね」

「はいはい、すんませんね」

佐藤はそう言いつつ、ため息をついた。

「いやあ、まいっちまいますね。こんなことになるなんて。もっと早く来てればよかったなあ」

まったく、そのとおりだと風見は思う。

救急車で搬送される前に受診していれば、ここまで痛くなっていなかっただろうし、早い段階で治療できていた。間違いなく、予後は今以上に明るいものだったはず。

けれど、風見は安易に賛同しないでおいた。これまでの人生は本人が決めた生き方であり、早く来ていればよかったと一番痛感しているのは佐藤自身だろうから。

「それでも、佐藤さんが来てくれてよかったですよ」

「そう言ってくれると気持ちは楽ですけどね。なんで、もっと早く来られなかったかなあ」

佐藤はぼんやりと天井を眺める。

白を基調とした病院の造りに風見はすっかり慣れているが、患者の目には異質な場所に映るかもしれない。

「先生、病院にいると昼も夜もないなあ」

「そうですね。一日中いると、時間の感覚もわからなくなってしまいます」

なぜ、このような話をするのだろう。佐藤にそれとなく続きを促してみると、彼は身の上話を始めた。口調は抑揚がなく、やけに一本調子だった。

「私もね、昔からこうだったわけじゃないんですよ。体が動かなくなっちゃったもんでね。電池切れみたいな」

これはせん妄による妄想なのか、それとも意識は保たれており、本当にあった症状なのか。否定も肯定もせず、風見は話を聞く。

「自殺をしようかとも思ったんですけどね、いざ本番となると勇気が出ないもんだ。会社でひどいいじめに遭って、もう部屋から出られなくなってしまってね」

まとまりのない話が続くが、佐藤の表情はいつになくこわばって見えた。

病院を受診していれば、鬱病《うつびょう》の診断がついて、治療が行われていたかもしれない。けれど、そのときも病院には行けなかったようだ。

「昼間は外に出られないんですよ。こんなナリで言うのもおかしな話なんだけども、人目が怖くて、夜にこそこそと生きてきたわけです」

この話が本当ならば、佐藤が平日の日中に病院を受診しなかったのも頷《うなず》ける。

（沢井の言うとおりだったなあ。誰しも理由はあるんだろうか）

それは他人から見たら、「たいしたことはない」理由かもしれない。けれど、本人にとっては「大事にしている」あるいは「大きな意味を持つ」理由の場合も少なくないのだろう。

医療従事者の端くれである以上、感覚も変わって、当たり前のように医療が日常に入り込んでくる。

けれど、そうでない人たち――とりわけ健康であった人たちにとって、医療というものは縁遠く、常日頃から考えるものではない。

（必要な人が医療を受けられる機会があればいいけれど）

佐藤義男は治療の機会を逃し続けて、ここまで来てしまった。最善からはほど遠い結果とも言える。

それでも、ここから先の人生に少しでも幸《さち》があればよいと風見は願うのだった。

「準備が整いました。行きましょう」

「はいはい。お願いします」

風見は佐藤を乗せたストレッチャーを押しながら、放射線照射をしに向かうのだった。

夕方、研修医たちは医局の研修医ブースでのんびり過ごしていた。

今日はなにがあったとか、こんな面白い話があったとか、だべっているとも言えるのだが、お互いの進捗《しんちょく》を確認しつつ経験を共有するのだ。

研修医のうちにすべての内容を学べるわけではない。そもそも、医学には膨大な知識や経験が求められているし、それどころか人間が学べる知識よりも医学が進歩する速度のほうが圧倒的に速いため、一生涯学び続けるしか道はないのかもしれない。

ともかく、四人は今日の振り返りをしていた。

「やっぱり、大林先生は素敵だよね」

「うんうん」

今日の出来事を語る清水に、沢井も頷《うなず》いていた。

「可愛いとこもある」

「そうなんだ」

「大林先生はチョコに目がない」

とっておきの秘密のように告げる沢井に、清水は「あ、聞いたことある！」と反応する。

医師としての側面はきっちりしていたり厳格であったりしても、私生活ではまったく違う面を見せる人もいる。

「医師はだいたい、食い物に目がないよな」

仕事が多忙で趣味の時間がほとんど取れず、オンコール待機が多く、大林のような昔の医師は三百六十五日呼び出される主治医制で過ごしてきたため、職場にすぐ行ける身近なところで楽しむ趣味が多くなる。

結果、おいしいご飯やお酒が生きがいになる人も珍しくない。大林はそれがチョコだったのだろう。

沢井はにこにこしながら続ける。

「たまにくれる」

「嬉《うれ》しそうだな。すっかり餌《え》付《づ》けされてんじゃねーか」

「仕方ない。小さいときからだから」

「あれ、沢井の知り合いだったの？」

風見は疑問を口にする。

沢井は父親が近くで医院を開業しているため、この地域には知り合いが多い。もちろん、沢井の直接の知り合いではなく、名前を知っているだけの関係がほとんどだが。

「お歳暮がよく来てた。お父さんの先輩だから」

先輩後輩として、大変お世話になったそうだ。その関係は今でも続いており、患者の紹介をする際も、気軽に連絡を取り合っているとか。

空知総合病院に来たばかりのときは、「沢井医師の娘」として扱われるのを嫌がっていた彼女であるが、今はあまり気にしなくなったようだ。

逞《たくま》しくなった、あるいは医師として成長したせいかもしれない。

清水はそれから患者のことに話を移した。

「佐藤義男さん、とうとう受診してよかったよね」

「ほんとだよな。救外も少しは落ち着きそうだ」

「その代わりに……病棟が慌ただしくなりそうだけどね」

清水は苦笑いする。

佐藤義男は早くもせん妄を起こしつつある、という看護師たちの噂《うわさ》も耳にしていた。高齢患者では珍しくない事態である。風見に身の上話をしたとき、すでに意識状態はあまりよくなかったのかもしれない。

困ったことだと四人は顔を見合わせつつも、とりあえずは受診してくれてよかったと話を締めくくっておくのだった。

「あ、そうだ。風見くん。胃カメラの練習……お願いしてもいい？」

「……とうとう来たかあ」

以前にも練習させて、とお願いされていたが、なかなか実践する機会はなかった。

「もう忘れてるとばかり思ってた」

「えっと、機会がないままだったから……。大林先生から佐藤義男さんの胃カメラをやりましょうって言われたんだけど、その前に一度練習しておいてって」

「なるほど。頑張るよ」

風見が頷《うなず》くと、朝倉と沢井が合掌《がっしょう》してみせた。

「ご愁傷《しゅうしょう》さま」

「南無南無《なむなむ》」

「だ、大丈夫だよ風見くん！　いっぱい練習したから！」

清水は力強く宣言する。

彼女はかなり不器用だが、風見は不安を見せずに笑みを向けた。

「知ってるよ。清水は頑張り屋さんだし、今じゃ僕より静脈路《ルート》確保も上手だよね。達人の技を見せてくれるはず」

「た、達人は……無理かも……」

一転して、弱々しくなる清水である。

「そこは任せてって言ってほしかった！」

風見はちょっとばかり不安になってしまうが、そうして練習に付き合う楽しみな予定が一つ、できたのだった。

本日の振り返りが終わると、話題はまた別の内容に移る。切り出したのは風見だ。

「五年ぶりに北海道に戻ったけど、こっちは秋が終わるのが早いよね。もう肌寒くなってきた」

「一瞬だよな。秋は一か月くらいしかないんじゃねえか」

「ほんとだよね！　そろそろ初雪も降るかな？」

「なにもしないうちに秋が終わっちゃうなあ。……朝倉はどこか出かけた？」

風見が何気なく話題を振ると、沢井がいつになく興味を持って彼を見る。

「最近はゴルフに行ったな。密とはほど遠いし、コロナ禍ではいい趣味だろ」

沢井の顔は少しばかり困惑しているようにも見える。

彼女は運動があまり好きじゃなかったはずだし、どうかしたのだろうかと風見が首を傾げていると、清水が質問を続けた。

「朝倉くん、ゴルフやるんだ。得意なの？」

「いや、ちっとも。大学のときはゴルフサークルに顔を出してたんだけど、金がなくて全然やってなかったな。今回はそのサークルの友人に誘われたから行ってきたんだけど……久しぶりすぎて、体がなんにも覚えてねえし、無様《ぶざま》なもんだ」

おどける朝倉に、沢井がそわそわしながら尋ねる。

「……それで旭川？」

「だな。なんだ、ゴルフに興味あるのか？」

「んー……」

「だと思った。沢井はそういうキャラじゃねえよな」

言われて、むっとする沢井である。

一方の朝倉は気にするふうもない。

「それより旅行や観光のほうが好きだろ。皆もローテ終わりの時期だし、秋が終わる前に紅葉でも見に行かないか？」

「うん」

沢井はすぐに頷《うなず》いた。これには風見も賛成だ。

「秋らしくていいね」

「なにも予定がなかったから楽しみ！」

どこに行こうかと風見たちは相談する。

沢井がはにかみながら、あれこれと名所を教えてくれる。

「札幌の近くだと定山渓温泉《じょうざんけいおんせん》、旭川だと旭岳《あさひだけ》とかが有名だけど、空知にもいいところはあるよ。雄大な観光スポットほどじゃないけど……自然のままというか、素朴できれいだよ」

そんな沢井を見て朝倉は首を傾げた。

「随分嬉《うれ》しそうだな。そんなに紅葉狩りに行きたかったのか？」

「え？」

一瞬、意外そうな顔になった沢井であったが、にっこりと微笑《ほほえ》んだ。

「うん。行きたかったの」

「そっか。楽しみだな」

「楽しみ」

それから四人はあれこれと話し合う。そして行き先はあっさりと決まった。皆でのお出かけにも慣れてきていた。

6　星の降る里

空知地方には二つの大きな川がある。

全国二位の流域面積を誇り南北に流れる石狩川《いしかりがわ》と、富良野《ふらの》を通りながら東西に流れて滝川市《たきがわし》で石狩川と合流する空知川《そらちがわ》である。

この川沿いに人々が住まい、町が作られてきた。

石狩川は北海道で一、二の人口を擁する札幌と旭川を繋《つな》いでおり、川沿いの道路には車の往来も多い。一方で空知川は観光地である富良野に繋がっているとはいえ、道路は小さな町と自然の中を繰り返し通っていくことになる。

滝川市から東へ向かい、ひとつ町を抜けると、沢井詩織は明るい声を出した。

「川、きれいだね」

道路は切り立った崖の上に作られており、その下を川が流れている。川辺は赤く色づいた木々に飾られて、野鳥たちの憩いの場となっていた。

「いい時期に来られたね！」

「うん」

「こうしてると、どこまでも行けそうだな」

「この道路は南富良野まで続いてるけど。行く？」

朝倉雄介の何気ない言葉に沢井が返す。

北海道は広く、南富良野までは百キロ近い距離がある。

「さすがに遠いから芦別《あしべつ》辺りまでにしとこうぜ！」

芦別より先は、富良野まで町がほとんどなくなる。富良野観光ならそれでもよいが、今日はこの近辺の観光に来たのだ。

沢井は朝倉の反応を見て微笑《ほほえ》んだ。

「ふふ、冗談」

窓からは心地よい風が秋の香りを運んでくる。日中は暑くも寒くもなくて快適だ。

それからしばらくゆくと、比較的大きな町に入る。芦別市である。

かつては炭鉱産業で栄えていたが、時代とともに閉山を迎えていく中で、住民たちも少しずつ近くの滝川市などに移り住むようになっていった。また、芦別市の中でも、住みやすい芦別駅周辺への移住が進んだ。

「ちょっと休憩するか」

「この先、道の駅があるよ」

沢井が告げると、風見司はスマホで調べた情報を口にする。

「芦別のB級グルメ、ガタタンラーメンが食べられるんだって」

「お昼だし、ちょうどいいね！」

そういうわけで、一行は道の駅「スタープラザ芦別」を訪れることにした。

芦別は炭鉱の町であることをウリにしており、敷地内には郷土資料館もある。また、星がよく見えるため、「星の降る里」として評判だ。

「一階は物産館、二階がレストランだね」

店舗内に足を踏み入れると、芦別産牛乳で作られたチーズが魅力のピザ専門店もあり、風見はおいしそうだと楽しげに見回している。

そんな彼を、清水涼子はまじまじと眺める。

「風見くん、なんだか中村先生に似てきたね」

「そ、そうかな⁉」

慌てる風見である。

沢井は彼のお腹《なか》を見て「確かに」と頷《うなず》いた。

「若くねえんだから、運動もしないで食ってばかりだと本当に中村先生みたいな体型になるぞ」

「うっ……いや、まだ若いから！　だ、大丈夫だから……！」

自分に言い聞かせる風見であるが、彼はレストランのメニューを見るなり、そんな問答などあっという間に忘れてすっかり元気になる。

「ガタタンラーメン、おいしそうだね！」

風見の体型維持は無理かもしれない。三人は顔を見合わせて笑うのだった。

レストランはそこそこ広いが、ほとんど満席になるくらいの客で賑《にぎ》わっていた。四人は早速、注文を済ませて席に着いた。

清水はちょっぴり嬉《うれ》しげに告げる。

「この四人でご飯を食べるのは初めてだね！」

「コロナ禍だからね」

「国が経済を動かしていこうって方針になったんだから、それに合わせて動いてもいいんじゃねえの」

「うん」

やがて料理ができあがると、呼ばれて取りに行く。

ガタタンラーメンはとろっとしたスープが特徴で、豚肉やエビ、キクラゲ、イカ、タケノコなど具だくさんである。

「いただきます」

四人は早速マスクを外して、ガタタンラーメンを口にする。

あっさりした塩味のスープはあんかけラーメンに近いとろみがあり、優しい口当たりだ。

感染対策のため、「黙食」が推奨されているので朝倉は無言のまま親指を立てた。清水はにっこりして、風見は幸せそうに食べ続けていた。沢井はリアクションに困ってバンザイをした。

味を変えるたれが付いていて、加えるとスパイスの香りが際立つ。そのおかげで最後まで飽きずに、おいしく食べられる。

黙々と食事を続けていた彼らは、食べ終えるなり再びマスクをつける。

「なんというか……生活も変わっちゃったよね」

「もうすぐワクチンができるだろ。そうなったら、コロナ禍も一息ついていいんじゃねえかな」

「そうだといいよね！」

「期待」

いつ賑《にぎ》やかな食事に戻れるだろうか。気兼ねなく外食や遊びに行けるようになってくれたらいいと、彼らは考えながら店を出た。

「そんじゃ、山のほうに行きますか」

「おー！」

山は天気が変わりやすいが、予報では今日はずっと天気がいいらしい。

「出発するぞ」

朝倉が運転し、一行は南に向かっていく。

こちらには芦別川《あしべつがわ》という南北に流れる川があり、そのそばを道路が走っている。

芦別の町は大きくないため、あっという間に市街地を抜けられるのだが、今度は道路沿いに大きな集合住宅がずらりと並んでおり、色あせた外壁が時代を感じさせる。

「山のほうに向かっているけど、家がたくさんあるんだね」

「炭鉱住宅だな。衰退して町中が山の中になっちまったって感じじゃねえかな」

「昔は芦別にも映画館があったらしいよ。炭鉱労働者はいつ死ぬかわからないから、炭鉱から出てきたら街に遊びに行って、お酒を飲んでぱーっとお金を使ってたんだって」

患者さんが言っていただけだから、本当かどうか知らないけど、と付け加える。

沢井医院にかかりつけの患者の中には、元炭鉱労働者もいるようだ。

「今でも住んでる人はいるよ」

風見は二年目研修医の佐々木《ささき》から聞いた話を思い出した。

「住み慣れた土地を離れたくない人とか、取り残されたままになってしまった人がいるらしいね」

「狭いコミュニティなんだろうな」

訪問診療により、炭鉱住宅に住んだまま治療を受けられるとはいえ、そこでできる医療にも限界がある。町で長期療養できる病院に入院するのがいいのか、最後まで自分の家に住んでやりたいことを優先するのか……。

医師になってしまった以上、そうした現実的な面がどうしても頭をよぎる。

人気《ひとけ》のない町を眺めていた四人だったが、やがて家々が見えなくなり、橋が近づいてくる。

「あ！　鉄橋の上に機関車があるよ！」

清水が窓の外を指さす。

黄色に美しく色づいた山々の中に、赤い色の鉄橋が一筋走っている。そこにはディーゼル機関車が展示されていた。

当時の風景をそのまま切り取ったかのような光景は、炭鉱で栄えた時代を彷彿《ほうふつ》とさせる。

「きれいだね。見慣れていない光景だから、非日常的に見えるせいかもしれないけど……自然とぴったり合うね」

「雰囲気がいいよな」

秋には木々が黄色や赤など暖色の暖かみを纏《まと》って統一感も増して、非常に絵になる。きっと、夏には青々とした山に鉄橋の赤みが映えるだろうし、冬には白い雪で化粧して美しさが引き立てられるだろう。

一方で工学部出身の風見は現実的な話をするのである。

「何十年も崩れないってすごいよね。地震や地崩れが起きたとき、大丈夫なのかな」

「気持ちはわかるが、風情《ふぜい》のない感想だな」

「あ、でも私も気になる！　傾いて落っこちたりしないのかな?」

「さすがに点検くらいはしてるんじゃねえか」

そんな話をしているうちに、車はどんどん進む。

かつては炭鉱で栄えた頼城町《らいじょうちょう》に入るも、さっぱり人気《ひとけ》はない。炭鉱住宅が寂しげに残っているばかりである。

「ここだと、生活もかなり不便だよね」

清水が商店を見つけたが、開いている気配はなかった。買い物をするにしても、車がなければ町にも行けない。

「健康な人ならいいんだけど……年を取るほど、僻地《へきち》での暮らしは難しくなるよね。それでも、住み慣れた場所がいいのかな」

「本人にしか、わからないよ」

沢井は呟《つぶや》く。

人生をどうしたいのかなんて、きっと他人からは推し量れない。

医師になったから、医療が考えの中心に来てしまうが、あくまで普通の人にとって、医療は人生を支えるための一部分でしかない。

大切ななにかがあるから、彼らはここに住んでいる。

「北海道の僻地は、すげえ場所がたくさんあるよな」

あまりにも土地が広すぎて、町から何十キロも離れている住宅も珍しくはない。

「医師になってなかったら、きっと、すごい場所に住んでるなあってくらいの感想で終わってたのかもしれないなあ」

「俺は今でも、それくらいの感想しかねえけど……」

「朝倉、鈍感だから」

「うっせ」

研修医は病院で新しい経験に触れる多感な時期ではあるが、患者との距離感は人それぞれだ。

朝倉は淡々と仕事をこなすほうなのだろう。

「いよいよ、木しか見えなくなってきたな」

川との間には木々が生い茂っているため、すぐ側《そば》を走っているにもかかわらず水流は見えやしない。せせらぎが聞こえるばかりだ。

同じような光景がずっと続いて少し飽きてきたところで、道路沿いに駐車場が見えてきた。

「ここか……？」

「ただの幅の広いスペースにしか見えないけど、三段滝《さんだんたき》公園らしいよ」

風見はスマホを見ながら告げる。

それによれば、観光名所である「三段滝」の場所で間違いない。

四人は車から降りると、早速歩き始める。遊歩道をてくてくと進んでいくと、ざあざあと滝の音が響くようになってきた。

「わあ！」

露出した岩肌の上を水が滑り落ちていく。滝は水しぶきで泡のように真っ白く染まっていた。

薄い灰色の岩肌とは対照的に、鮮やかな紅葉が川岸に広がっている。

「すごいね……」

「絶景」

清水と沢井は自然の美しい光景に魅了される。

一方で風見は「どこが三段なんだろう？」と滝を数える。あまり高さがあるわけではなく、派手さはない。

「二段目が二手《ふたて》に分かれてるんだな」

あるがままの姿の滝であり、特徴的な形をしているわけではないが、だからこそ風景として調和が取れていた。

「滝もきれいだけど、草木や生き物も全部含めて、自然の美しさなんだね」

清水が感動する。

沢井がスマホで写真を撮っていると、朝倉がひょいと映り込む。さり気ない仕草なのに、やけに様になる。

彼女がまじまじと写真を眺めていると、清水が楽しそうに言った。

「皆で撮ろうよ！」

「そうすっか」

同じく滝を見に来ていた観光客を見つけて、朝倉が声をかける。撮影をお願いすると、快諾してくれた。

四人は並んで笑顔を見せる。

「撮りますよー。はい、チーズ」

シャッターが切られ、「確認してください」と写真を見せられる。

美しい滝を背景に、四人の距離は近くなっていた。

「ありがとうございました」

早速、沢井がメッセージアプリで写真を共有する。思い出も四人で分かち合えば、楽しさも倍増だ。

それから四人は滝をじっくりと眺める。野鳥がいたり、川魚が陽光に輝いていたり、人の手が入らない環境の魅力を感じさせる。

清水は自然の音に耳を澄ませる。

「人がいなくなっていく町は寂しい感じもするけど……こういう自然は人の気配がないほうが魅力的だよね」

「観光地化してないからこそ、雰囲気があるのかもしれないね」

「一応、芦別の観光名所だけど」

沢井の突っ込みに、風見は押し黙った。そして朝倉が茶化す。

「自然が気に入ったなら、医局に入局すれば大自然のある町にいくらでも飛ばしてくれるぜ」

「そ、それは……あまり嬉《うれ》しくはないかな……」

清水も苦笑い。自分の意思で来るのと医局に強制されるのでは、まったく異なる。

年齢が上の医師が僻地《へきち》に行きたがらないため、下っ端《したっぱ》であり拒否権もない若手医師が僻地に飛ばされる現状があるのだ。

こんな場所にいてもなお、仕事の話が思い浮かぶのは、医師というのがただの職業であるのみならず、私生活、ひいては生き方にまで影響を与えるからなのかもしれない。

「でも、芦別なら来てもいいかなあ」

「気に入った？　前に住んでたけど、車があれば、そんなに不便じゃないよ」

沢井は小さい頃、家族でここに住んでいたことがあったらしい。

とはいえ地方都市の性質上、やはり利便性が高いわけではないようだ。それなりの買い物をするなら滝川市まで行く人も多いとのこと。

「自然はいいよな。あとは芦別と言えば星空だけど、どうする？」

夜まで待たねばならないので、朝倉は清水と沢井に確認する。

「せっかくだし、見ていこうよ」

「うん」

「じゃあ、展望台に行くか」

四人は予定が決まると動き出した。まだ時間はあるから、ゆっくりと雑談をしながら。車で芦別市に戻って、市内をぶらりと観光したり、少し休んだりしているうちに辺りが暗くなってくる。星が見える頃合いを見計らって、市街地を少し外れたところにある上金剛山《かみこんごうざん》展望台に向かっていく。

「展望台に続いてるっていうが……ただの農道にしか見えないよな」

さらに細い道に入るともはや車の通行はなくなり、やがて舗装されていない砂利道《じゃりみち》をゆくことになる。

清水はだんだんと不安になってきていた。

「……本当にここで合ってるの？」

「マップによればそのはず……」

周囲に明かりがなく暗いせいで、余計に道が見づらい。清水と風見は顔を見合わせて、お互いに確かめ合う。

次第に道は急峻《きゅうしゅん》で細くなり、車は山を上り始めた。対向車とすれ違うのも難しそうな道幅で、しかも崖になっているところも多く、ややもすると崩れ落ちてしまいそうだ。

路面はでこぼこしており、車は動くたびにガタガタと鳴る。なにかぶつかった音すら聞こえた。

「あー……腹を擦《こす》ったかもしれねえ」

「大丈夫？」

「まあ、ダメなら直すだけだろ。何年も乗ってるから、もう今更、気にしてない」

朝倉はいっそのこと次は買い換えるか、なんて冗談を口にする。

山を上れば上るほどに、道は悪くなってくる。車は左右にも揺れ始めた。

「怖い怖い！」

「落ちる～！」

四人で叫びながら進むことしばらく。

視界がぱっと開けた。

見えたのは美しい夜景だ。真っ黒な山々とは対照的に、市街地の部分は赤青緑とさまざまな色に光り輝いている。

「あ、合ってたかな？」

風見は安堵《あんど》の息をつく。

「展望台まであと少し、頑張るか」

車はガタガタ言いながら、ラストスパートをかける。そして頂上に到着した一行は車から降りた。

「展望台……という割に、なにもないね」

もはや道がついているだけの山といっても差《さ》し支《つか》えないくらいだ。

が、ここに来た目的は星空と景色だ。

「街が一望できるね！」

芦別の街がぐるっと見回せる。あまり人の往来は多くない街だが、こうして街明かりを眺めていると、人の営みが感じられた。

そして見上げれば、澄み渡った空に星々が輝いている。

「わあ……きれい」

沢井はうっとりと見とれた。

芦別市は山々と豊かな自然に囲まれており、澄んだ空気が広がっている。望遠鏡なんかなくても、ただ見上げるだけで、満天の星が迎えてくれる。

これはきっと、都会では見られない光景だ。

「すげえなあ……」

「芦別市民は毎日、こんな空を見てるのかあ。羨ましいな」

「そういえば、そうだったかも。気にしたことなかった」

沢井は昔の日々を振り返る。

当たり前にそこにあると、かえって気にしないものなのかもしれない。

東京の空と芦別の空は随分違って見える。昔、住んでいたはずなのに、沢井は初めて見たような気さえしていた。

それから四人は星空を眺める。次第に会話はなくなり、自然と一体になりながら、その美しい光景を堪能するのだ。

今ばかりは日常を離れて、吸い込まれそうなほど真っ黒な夜空に魅了される。

ゆっくりと四人の秋が終わっていく。

星の降る里で。

7　朝倉と骨が折れる日々

十一月、すでに秋は終わり、冷たい風が冬の到来を告げる。

朝倉雄介はその日の早朝もランニングしていた。夜の間に気温はすっかり下がっており、そろそろ路面も凍結しそうだ。

（屋外を走るのも、そろそろ終わりにするかな。滑って転んだら、沢井にボルサポ突っ込まれるからな）

空知の川沿いを走るのは心地よくて気に入っていたから、少し寂しい気もする。毎日、走るほどに空気が馴染《なじ》む気すらしていた。

（ここに来たばかりのときは、あんなに嫌だったのにな）

朝倉は苦笑いする。古びた町を見て自分の将来と重ねたものだが、今は気にならなくなった。あの頃はとにかく、自分自身に対しても、ここの環境に対しても、言いようのない不満と焦燥感があった。

弟たちを大切に思っているし、金銭を援助するのもすべて納得して、自分から言い出したことだ。そうだとしても、なんで自分だけが母子家庭で育ち、金に振り回されて普通の幸せも手に入れられないのかと、平凡な他人すべてに対して屈折した思いがあった。社会全体に対する引け目と嫉妬心と言い換えてもいい。

当時付き合っていた彼女とも金銭感覚が合わなかったし、些細《ささい》なことが引っかかって長続きしなかった。いい格好をしようと、貧しい自分とその心を見せないようにと取り繕っていたから、たとえ空知に来ず遠距離恋愛にならなかったとしても、どのみち破綻《はたん》していたようにも思える。

いったい、なんのために医師になったのかと嘆き、どこかにでっかい幸せが転がっていないかと探し求めていた彼だが、最近はやけに穏やかな日々だった。

仕事に慣れてストレスは減り、金銭的にも余裕ができた。仕送りのために生活を切り詰めることも、気持ちが追い詰められて眠れなくなる夜もなくなった。それどころか、職場に行くのを楽しみにしている自分すらいる。いや、正確にはあの研修医ブースか。

四人でいるときは、飾らない自分でいられる。金の話を率直にしたとしても、悪態をついたとしても、素直な反応が返ってくる。

(沢井も、よく嫌にならねえよな)

楽しげにちょっかいをかけてくる少し子供っぽい彼女であるが、すっかり気が置けない相手になった。一緒にいるととにかく居心地がよくて、ほかの人ならばこうはいかない。

ずっとこの関係が続いたら、と期待してしまう。そして、そう願うのであれば、関係を前に進めるしかない。

二年間の研修が終われば、研修医たちはそれぞれの道に進むことになる。進路を決める前に、二人の関係が確かなものになっていなければ、二人の道が同じになる可能性はないに等しい。

(踏み出すしかねえ)

あとは勇気を出すだけだ。

もしダメだったときは、一年半ほど気まずい思いをすることになるが、だからといって諦めるわけにもいかない。

平凡な日常に幸せを見いだしてしまったから。

（よし、今日も気合い入れていくか！）

朝倉は医師住宅に戻る足に力を込めた。


冬の到来はすなわち、整形外科においては路上での転倒の増加を意味する。

「朝倉先生、転倒の患者さんが救急車で来ます！」

「はい、わかりました。レントゲンのオーダーを出しますね」

朝倉はテキパキと対応する。

これからの時期、路面が凍るほどに転倒が増えていく。今は序の口だが、今後は莫大な数になるだろう。彼は整形外科ローテの最中なので、研修医である彼のところにまずこうした相談が来る。

整形外科はとにかく患者数が多く、外来はごった返している。待合室をちらりと覗《のぞ》けば、コロナ禍とは思えないほどの大繁盛だ。

そして診察室から聞こえてくる声には、たまに苛立《いらだ》ちも含まれる。

「先生、もう二時間も待ったんですよ。コロナで大変な時期なのに。接触もしないようにって気をつけてるんです。それなのにですよ」

「申し訳ありません。患者さんの数が多く、どうしても時間をいただいております」

それでもなお、女性の声はとうとうと不平を並べる。

（……こういうことで時間を取られて、余計に長引くんだよなあ）

朝倉はそう思いつつも、長い待ち時間に不満を持つのもわかるため、黙々と仕事をこなす。

少しして、救急隊員が診察室に入ってきた。連絡を受けてから到着まで随分早い。

「よろしくお願いします」

患者はストレッチャーから降りると、すたすたと歩いて診察室の椅子に腰掛けた。

（これは元気なやつか？）

それだけでは判断できないとはいえ、歩けるかどうかは、重症か否かの基準にはなる。

朝倉は救急隊からの申し送りを聞く。

「すぐ近くの交差点で転倒されたそうです。手をついてから、手首が痛み、腫れてきたそうです」

（なるほど。手のほうか）

足が痛いわけではなかったようだ。それならば、歩けたとしても骨折かどうかの判定には関わらないが……。

（この距離なら、救急車じゃなくて歩いてくればよかったんじゃ……）

そう思いつつもすぐ患者の診察に入る。

手首は腫脹《しゅちょう》して赤くなっている。時間がたっていないためか、それほど色は変わっていない。

「倒れたときに手をついたのは、手のひらのほうですか？」

「あんまり覚えてないんですが……多分そうです」

そうなると、手首が手の甲側にズレてしまう骨折の可能性が高くなる。

「手のしびれはありますか？」

「ありません」

「動かしにくさはどうですか？」

「大丈夫です。動きます」

それから朝倉は手や指に触れるが、感覚も問題なさそうだ。

神経学的な異常がないことを確認するのは大切であり、こちらが問題なければ、救急外来では、骨折があったとしても翌日の整形外科受診を指示する場合も多い。

そして大事なことはもう一つ。

「頭は打っていませんか？」

たとえ患者の訴えが手の痛みであったとしても、頭部外傷を見逃すのはまずいのだ。あとから症状が出てくる場合もある。

「打ってないです」

「わかりました。それでは、手についてですが、レントゲンを撮りましょう」

「お願いします」

確認は必要とはいえ、診察の所見から結果は予想できた。

患者が退室すると、朝倉はカルテに記載していく。整形外科を回り始めてまだ日は浅いが、転倒した患者は救急外来でいつも診《み》ている。あまり動揺もなかった。

そうして記載が済んだら、新患の患者の予診を行う。

レントゲンの撮影を要する症状が多く、軽く話を聞いたら、まず検査に行ってもらう流れも少なくない。

（内科と比べると……あまり考えないで仕事をしちまってる気がするな）

検査を行う前に、まずは問診や身体所見をしっかり取って検査前確率を上げて、そこから絞り込んだ検査を行うべき、というのが一般的な内科の考え方である。

もちろん、実臨床では忙しすぎるため、それは理想論であり、医師の手が空かなければ検査をざっくりと先に取ってから考えることもある。採血などはすぐに結果が出ず、待ち時間がある点も考慮しなければならない。

そして整形外科では、レントゲンが診断に関わる疾患も多く、それありきで話を進めている印象を朝倉は抱いた。もっとも、骨は直接見えないため、仕方がないとも言えるが。

やがて診察の準備が整うと気持ちを切り替えて、次の患者を呼び入れる。

「最上《もがみ》さん、六番診察室にお入りください」

朝倉が放送すると、患者がよたよたしながら入ってきた。

七十代の男性で、腰はやや曲がっている。

「最上さん、今日は腰がしびれるということでいらしたんですね」

「そうなんです。腰の辺りから、こう、足のほうまで、びりびりとくるんですよ」

「足の動きが悪くなったり、感覚が鈍くなったりはしていますか？」

「それはないですけど。びりびりして、つらくてもう夜も寝てられないんですよね」

ああ、つらい、と最上は嘆く。

「咳《せき》やくしゃみをしたら強くなります？」

「ええ、そりゃもう」

「おしっこが出づらくなったりはしますか？」

「あ、それは大丈夫です」

「少しお体を診察しますので、横になってください」

「はい。お願いします」

最上がベッドに横になると、朝倉は早速、彼の足を掴《つか》む。そしてしっかり膝を伸ばしたまま持ち上げていく。

「失礼します――」

「いた、いたたああ！」

（下肢伸展挙上《SLR》テスト陽性か）

はっきりと所見が取れる。

それから朝倉は打腱器《だけんき》を使って、患者の膝やアキレス腱などの反射を出していく。

身体診察を終えると、朝倉は患者に説明する。

「腰椎《ようつい》椎間板《ついかんばん》ヘルニアという、腰の軟骨が飛び出して神経を圧迫する病気の可能性があります。

一度、ＭＲＩで腰の骨を見ておくのが望ましいかと思います」

「ええ。お願いします」

朝倉はそれから、ＭＲＩの予約を取る。

レントゲンやＣＴは検査時間が短いために当日中に撮影ができるのだが、ＭＲＩは時間がかかるせいで予約がびっしり詰まっている。

わずかな空きを見つけて入れる必要があるのだが、患者にも仕事がある場合は、都合を合わせるのも一苦労だ。その日は早く帰らないといけないとか、休みが取れないから日程が決められないとか、なにかと話が進まない。

最上の症状は緊急性があるわけではなく、急いでＭＲＩを撮る必要はない。当日の緊急検査をねじ込めないわけではないが、それは命に関わる疾患に対するものであり、基本的に予約枠がなければ後日の検査になる。

「最短ですと、明日の十四時になりますが、お時間のご都合はいかがでしょうか」

「それでいいです」

仕事を辞めた人だと、話がすんなり通る場合が多い。あっさりと決まって朝倉はほっとする。

それから痛みに対する鎮痛剤を処方する。

診察がいったん終わると、整形外科医の須賀《すが》が入ってきた。

「お、朝倉くん！　どう？　困ってることはない？」

「大丈夫です。先ほど、足がしびれる患者さんが来て、ヘルニアの所見があったのでＭＲＩを予約しました」

　須賀は朝倉のカルテを読んで頷《うなず》いた。

「しっかり所見も取れてるし、いいね！　朝倉くん、ナイスだよ！」

「ありがとうございます」

「そういえば、救急車も来たんだって？」

「神経学的な異常はなかったんですが、見た目的にはたぶん折れてると思います……」

　朝倉は先の患者のカルテを開く。レントゲンはすでに撮られていた。

「うへえ……」

「うっわ、バッキリだね！　こりゃオペだ！」

　レントゲンでは骨が真っ二つになっていた。

「手術の日程とかは、こっちで相談するね！」

「はい。お願いします」

「こちらこそ、ありがとうね！」

　須賀は爽《さわ》やかな笑顔を見せる。

「ひとまず今日の外来はこれでいいから、あとはオペに入ってきていいよ」

「わかりました」

「なにか聞いておきたいこととか、質問とかは大丈夫？」

　朝倉は少し考える。

疾患を知るのも大切だが、ローテート中にしか学べないポイントもあるはずだ。

「整形外科で大事なことってなんでしょう？」

「お、朝倉くんもとうとう、整形外科医になるかあ！　そうだなあ、大事なのは……肝臓《かんぞう》を壊さないことかな！」

「そ、そうなんですか」

朝倉は苦笑いする。

整形外科医は快活でアクティブな人が多い。飲み会となると、かなり豪快だ。飲み過ぎ注意という意味である。

「いや、冗談だよ！　本気にしないで⁉」

「そうなんですか？」

「半分は本気だけど……今の時代、嫌だったら断れるから一気飲みとかはないんだけど、整形外科医って陽気なやつも多いし、そういうときに調子に乗って飲み過ぎる日もしばしばあるからさ……」

「確かに……それはわかります」

「まあ、それはそれとして。大事なことっていうと……なんだろうな」

須賀はしばらく考えてから、悩みながら話し始める。

「朝倉くんがこれから一番多く対応するのは、おそらく救急外来での整形疾患だと思うけど、内科や外科と違って、人が死ぬことはほとんどないからなあ。たとえば骨折なんかだと、早いうちに手術をしたほうがいい、とかはあるんだけど、たいていは翌日の受診でも問題ないし……」

交通事故による重傷多発外傷などは死に至る可能性は高いが、それは誰が見ても明らかである。見落としが怖い疾患となると、と須賀は続ける。

「むしろ、整形以外の疾患かなあ。我々は整形外科についてはよく知っているけど、ほかの科の疾患が紛れている場合もあるから」

「確かにそうですね」

「先入観を持たないのが大事かもしれないね。……朝倉くんはまだ若いから、そんなことはないだろうけど。おじさんになってくると、頭がすっかり自分の科から入るようになっちゃう」

「それだけ深い専門性を身につけているからこそ、ですね」

「お、朝倉くんはその気にさせるのがうまいね！　悪く言えば初心を忘れてしまったってことだけどね！」

須賀は豪快に笑う。

「まあ、骨と筋肉に関しては、いつでもなんでも相談してくれていいよ！　個人的な筋肉の話でもね！」

須賀はぐっと上腕《じょうわん》二《に》頭筋《とうきん》を見せつける。見事に鍛え上げられている。

「ぜひ、頼りにさせていただきます」

筋トレの相談はともかく、整形外科に関してはこの期間にいろいろ教えてもらおうと朝倉は思いつつ、外来を終えて手術室に向かうのだった。

風見司と清水涼子は内視鏡検査室にいた。

風見は、彼女の胃カメラの練習に付き合っているのである。近くでは大林が無言のまま、清水の手技をじっと見つめている。

「そ、それではお口の中にカメラが入っていきますよ〜！」

「ふがが」

清水が握る内視鏡が風見の口に入っていく。内視鏡を噛《か》まないようにマウスピースというものを口に装着しているため、風見はもはやなにも話せなくなっている。

カメラが喉を這《は》う感覚に、吐き気がぐっと込み上げてくる。

「んぐぅう⁉」

すかさず大林が清水に告げる。

「大丈夫です。どんなに上手な医師がやったとしても、若い方は反射が強い場合も多く、こうなります」

「ご、ごめんね風見くん！　頑張るから！」

風見はぐっと親指を立てて、問題ないとジェスチャーをする。真剣な清水の顔を見たら、泣き言など口にはできない。

そして喉の奥を通過するところで、

「ごっくんです。ごっくんですよ〜！」

清水はそう言いながら、内視鏡を押した。

このときが一番嘔気《おうき》が強く出るのだが、風見が精一杯飲み込むと、無事に内視鏡は食道に滑り込んだ。

「はい～！　お上手です！　一番大変なところが終わりました！」

荒い呼吸になりつつも、清水に褒められて悪い気がしない風見である。

(大人になってから、褒められることってあんまりないからなあ)

子供の頃は小さなことでもよく褒められたっけ、などと思っていたが、体の中を内視鏡が動く感覚により、現実に引き戻された。

モニターを眺めれば、胃の中が映っている。

(健康そうな胃だ。よかった)

最近、ムカムカしていたのはただの食べ過ぎだったようだ。

「お腹《なか》の中が押されますよ～！」

気持ち悪くなりながらも、風見は真剣な顔の清水を眺める。

彼女の細い指がしなやかに、内視鏡のアングルノブを動かし、それに応じて画面も上下する。

今の彼女を見ていると、おっちょこちょいの印象はない。こうして少しずつ、医師らしくなっていくのかもしれないと、風見は目を細めた。

「空気を抜いて終わりますね！」

内視鏡が引き抜かれていく。そして口の中からずるん、と飛び出した。

「お疲れさまでした。風見くん、ありがとう！」

清水が達成感に満ちあふれた顔をしているため、風見は唾液まみれの口元で笑みを作った。

大林は清水に声をかける。

「いいですね。基本通りにできていますし、操作もある程度、慣れています。これなら問題ないでしょう」

「ありがとうございます！」

大林がそう判断したため、清水は無事に佐藤義男の胃カメラの検査をやることになるだろう。

清水は嬉《うれ》しそうにしながら、ぼーっとしている風見の口元を拭く。

「ありがと、風見くん」

(今日はごっくんできて褒められたり、唾液を拭かれたり、なんだか赤ちゃんにでもなった気分だ)

気恥ずかしい思いをしていた風見であるが、通りがかった看護師が怪訝《けげん》そうにしている様子が視界に入ったので、居住まいを正した。

練習が終わったら、場所を空けなければならない。

「それでは十一時から、佐藤義男さんの胃カメラをしましょうか」

時間になるまで、大林は病棟に行ってくるとのことであった。

風見は清水と一緒に先ほどの内容を振り返る。

「いざ自分がやられるとなると、緊張したなあ」

「大丈夫だった……？」

「なんとかね。いい経験になったと思うよ。医師として患者さんに行う検査や治療って、自分では体験していないものもたくさんある。僕らは健康だし、それは当たり前なんだけど……そのことを認識した上で、配慮できたらいいよなって」

風見の言葉に清水も頷《うなず》く。

「そうだね。風見くんは……誠実だね」

「清水ほどじゃないよ。ローテートが替わっても、まだ佐藤さんの担当してるんでしょ？」

すでに月が変わり、研修医たちのローテートも切り替わった。清水も今は内科のローテートではない。

しかし、「内科研修医」としての責務でなく、「担当医」として、佐藤義男を引き続き診《み》ていた。

清水はちょっと困った顔を見せる。

「引き継ぎを済ませたら、診る必要はないとは思うんだけれど……」

誰かが一人欠けただけで立ち行かないのであれば、それはシステム上の問題である。大半の病院はそれに近い状態であるとはいえ、研修医ということもあって、担当医を外れても大きな影響はない。

「病気のことももちろんなんだけど、担当医としての患者さんとの関わり方とか、医学だけじゃなくて、医者としての振る舞いも身につけないとって思って」

医師として働き始めると、それまで習ってきた医学的内容だけでなく、業務としての患者対応が増えてくる。きっと、そこに明確な答えはない。

「大林先生がいろいろと教えてくれるから、この機会は逃せないよ。……あ、今のローテートの先生方には迷惑がかからないように気をつけてるよ！」

研修医としての本分は忘れないように心がけているのだ。回っている科をおざなりにしては意味がない。

熱心な彼女の態度に、風見はもはや感心するばかりである。

「やっぱり、清水はすごいなあ」

「そんなことないよ。風見くんのほうが頑張ってると思う！」

二人がお互いの姿を見て、意識を改めていると、内視鏡室の扉が開いて佐藤義男が入ってきた。彼は車いすに乗っており、看護師が押している。

「おや、この病院には若い先生が二人もいるんですね」

佐藤義男は意外そうなそぶりを見せた。

やはり二人の顔は忘れているようだ。

「清水涼子と申します。佐藤さんの胃カメラを担当しますので、よろしくお願いしますね」

「ああ、どうも。よろしくお願いします」

清水は毎日会いに行っているが、いつもこんな調子だ。忘れ去られることは寂しくもあるが、これも病院の日常だ。

「痛みのほうはどうですか？」

「今は全然なんともないね、おかげさまで。楽になりました」

痛かったことはしっかり覚えているらしい。

よほどつらくて、だからこそ認知機能が低下してもなお、何度も救急外来を受診していたのかもしれない。

「楽になったようでなによりです」

そして清水は、検査の前にプラスチックエプロンを纏《まと》い、フェイスシールドをつける。新型コロナウイルス感染症に関しては飛沫《ひまつ》感染の危険があるため、唾液や咳《せき》、吐瀉物《としゃぶつ》を浴びやすい内視鏡検査は感染のリスクが高いのだ。

（……消化器内科の先生たち、汚れをよく気にしないよなあ）

新型コロナウイルス感染症に対して過敏になっている様子はあるものの、胃カメラでは飛沫を、大腸カメラでは便をしばしば浴びるのだが、そちらはもはや日常となっているのだろう。

一方の清水はスクラブが汚れないようにエプロンを確認していた。

「お待たせいたしました」

大林がやってくると、清水は内視鏡検査を始める。佐藤義男はちっともつらそうなそぶりを見せずに、内視鏡をごっくんと飲み込んだ。高齢者になると反射も鈍くなって、吐き気も出にくくなる。

内視鏡を食道のさらに奥へ進めていくと胃に到達する。

胃内に入るなり、大きな塊《かたまり》が見えてくる。

「癌腫《Carcinoma》ですね」

大林がさらりと告げる。

患者に癌《がん》という意味が伝わらないように配慮して、あえて英語を使ったのだろうか。上の医師によっては、単に英語を使う傾向があるだけの場合もあるが……。

「生検《biopsy》しますか？」

清水も英語で返す。

「一通りの観察が終わったら、そうしましょうか」

「わかりました」

清水は内視鏡を十二指腸まで進めて異常がないことを確認してから胃に戻ってくる。そして全体を観察するが、やはり大きな塊《かたまり》が視野に入っていた。

「佐藤さん、胃の組織をつまんできて、悪いものがないか、顕微鏡で見ようと思います」

「ふがい」

おそらく、「はい」という返事だろう。

承諾を得たので、清水は内視鏡の手元にある鉗子口《かんしこう》から、細長い管を入れていく。そしてモニターに映っている胃の内に鉗子が飛び出した。

鉗子はトングのようにつまめる仕組みになっており、それを腫瘍《しゅよう》に噛《か》みつかせる。少々血は出るが、大きな傷口ではないため自然に止まるだろう。

鉗子を引いて戻ってくると、しっかり組織が取れている。

「それでは検査を終わりますね」

内視鏡が口の外に引き出されるなり、佐藤はティッシュで鼻をかみ、深呼吸をしながらゆっくりと起き上がる。

「どうも、すんませんでしたね」

「はい。お疲れさまでした。結果は後ほど説明いたしますね」

佐藤義男は車いすに移ると、看護師に押されて病棟に戻っていく。

大林は彼の退室を確認してから、先ほどの振り返りを行う。

「清水先生、お疲れさまでした。これで佐藤さんには診断がつきますが、積極的な治療ができる全身状態ではないでしょうから、緩和的に診《み》る方針になるでしょう」

「はい。栗本先生にお願いする形でしょうか」

「ええ。丸投げするわけではなく、私と併診という形になるでしょう」

緩和ケアの部分は栗本が、消化器癌に関しては大林がフォローしていくようだ。

「ほかに気になることはありますか？」

大林は清水と風見に問う。

あくまで、疑問がないかどうかという確認であったのだが、風見は少し踏み込んだ内容について尋ねてみる。

「佐藤さんに診断をつける意味は……どこまであったのでしょうか？」

痛みなどのつらい症状に関しては、おおむね改善している。化学療法が行えないことは明らかであり、診断をつけたとしても、予後はたいして変わらなかったのではないか。

佐藤は認知症もあり、精査をどこまで希望しているのかもはっきりしてはいない。これは指導医に対して、方針が間違っているんじゃないかと問いただしているようにも聞こえるため、医師によっては臍《へそ》を曲げるだろう。

けれど風見が真剣に悩んでいるようだったので、大林も少し考えてから、ゆっくりと話をする。

「認知症があるため、あくまでこれは私の推測にはなりますが……何度も受診していたという経緯から、どういう形であれ治療を希望されていたと判断しました。であれば、検査をして適した形で医療を提供するのが我々の仕事でしょう」

佐藤義男はまだ、寝たきりで意識がないなどという状態ではない。たとえ認知機能が低下していても、まずは本人の意思確認が必要だ。

「そして原因がわかれば、今後の予想も立ちますし、ここから緩和ケアにも繋《つな》げられます」

たとえ治療ができずとも、未来の道筋が見えているかどうかは大事だろうと大林は言う。

「もちろん、医療費の観点から、無駄な検査はすべきではない、という意見もあるとは思います。原則、検査というものは、それによって治療や診断、今後の方針が変わる前提で行いますから。国民の保険料によって我々の仕事は成り立っており、無駄遣いはできないのだと、気を引き締める必要はありましょう」

高齢化が進み、日本の社会保障給付費が年々膨れ上がっていく中、自覚なく漫然と医療行為をすべきではないとの意見だ。

医学的な話ではなく、社会的、倫理的な意味合いが主だろう。

彼の言葉に風見が考え込んでいると、大林は少し口調を和らげた。

「社会全体としてはともかく……少なくとも、彼にとってはよかったのではないかと思います。本人はすぐに忘れてしまうでしょうけれど」

それは率直な大林の感想だったのかもしれない。

「そして当直をするあなた方にとってもね」

近頃、救急外来では佐藤義男が来なくなったと話題になっている。いったいどうすればいいのかと悩んでいた佐藤の一件は、図らずも解決する形になった。

忙しい救急外来を担うスタッフの疲弊の点からすれば、諸手《もろて》を挙げて喜んでもよいだろう。

「それでは清水先生、佐藤さんの退院まで、引き続きよろしくお願いします」

「はい！　頑張ります！」

担当医の仕事は患者が退院するまで続く。

清水は最後まで気を抜かないように心がけるのだった。


夕方、研修医ブースから外を眺めていた風見は、思わず声を上げた。

「うわ。とうとう雪が降り始めたよ」

雪はしんしんと降り注いでおり、路上は白く染まっている。

「もうすっかり冬になっちゃったね！」

十一月中は本格的に降るわけではなく、降ったりやんだりを繰り返すが、気温は低いため誰もがすっかり冬の装いになる。

「冷え込む前に、今日はさっさと帰るか」

「賛成」

朝倉と沢井はいそいそと帰り支度を始める。風見と清水も今日は仕事も残っていなかったため、揃《そろ》って帰ることにした。

四人は雑談をしながら研修医ブースを出る。

「皆で退勤するのって、久しぶりだね」

「あ、確かに！　誰かしら、当直に入ってる日も多いよね！」

「暇なとこだと、研修医全員で五時ダッシュを決めるらしいぜ。俺らもやるか？」

「うちは医局に住んでる二人がいるから無理」

沢井が首を横に振ると、清水は慌てて否定する。

「わ、私はそんなに長くいないよ！　風見くんは住んでるけど！」

「僕も普段は帰ってるよ。当直のときは泊まってるけど」

どっちもどっちだと、朝倉と沢井は呆《あき》れた視線を向ける。

風見は一つ弁明する。

「……個性ってことで」

これもまた、なにが正解ということもないのだろう。長時間労働はもはや美徳ではなくなったが、かといって医師としての研鑽《けんさん》は望まれるという、相反する二つの倫理観があるのだから。

ともあれ、風見と清水はじっくりと学び、朝倉と沢井はしっかりオンオフの切り替えをするタイプであった。

四人は病院を出ると、つい足を止めた。

北海道の雪はべちゃべちゃではなく、さらりとしているため傘を差す人は少ない。沢井は手のひらを広げて、降り注ぐ雪を受け止める。

「冷たい」

「今日は暖房つけないとダメかも」

風見が肩を落とす。

「まだ辛抱してたのかよ」

「あんまり家にいないから、いいかなって」

医局の中はエアコンが効いており快適だからと、住み着いてしまう研修医もたまにいるのだ。

朝倉は人通りの少ない往来に目を向ける。

「こういう日の当直は、あんまり患者が来なくて楽なんだけどな」

天気が荒れていても、悪いことばかりではない。当直の日はずっと院内にいるため、あまり天候は関係ないのだ。

「あれ？　でも朝倉くん、今月は整形外科の先生と一緒に入るんじゃなかった？」

「だな。今は整形ローテだし、そのほうが楽だとは思ったんだが……整形疾患、多く来そうだな」

とにかく転倒は増えるだろう。整形外科医にコンサルトした際、引き継がずに一緒に診《み》ることになりそうだ。ため息をつく朝倉であるが、そのとき、顔に冷たいものが触れた。

「うおっ⁉」

沢井が手のひらの雪を当てていた。

「こんな悪戯《いたずら》するとか、小学生かよ」

「元気出た？」

「元気が有り余って困っちまうな！」

朝倉は冷え切った手を沢井の首に当てる。

「ひゃあ⁉」

「お、沢井も大きな声出すんだな」

沢井は顔を赤らめつつ、朝倉を恨めしげに見る。

呆《あき》れる風見とは対照的に、清水は二人に優しい言葉をかける。

「二人とも、風邪引いちゃうよ！」

じゃれ合っている朝倉と沢井も、見られていることに気恥ずかしくなったのか居住まいを正す。

「ほんとだよな。そんじゃ、帰るか」

「うん、帰ろ」

四人は医師住宅に向かっていく。

風見は築年数がたっている分だけ安い住宅を選んだので、一人だけ別の建物である。

「今日もお疲れさまでした」

風見を見送ってから、三人は一番新しい住宅に入る。

清水は別の棟であるが、沢井と朝倉は同じ棟の一階と二階であり、途中まで一緒だ。だから、二人きりになる。

朝倉は階段に片足をかけつつ、沢井に手を振る。

「また明日な」

「……あのね、朝倉」

「ん？」

沢井は彼を引き留めるも、続く言葉が出なかった。

二人きりのエントランスに沈黙が流れる。

朝倉は階段にかけた足を下ろして、沢井に向き直る。

「どうした？」

「えっと、前にご飯に行ってから……予定、ないでしょ？」

一度行ったきりで、具体的な次の話は出ていなかった。

そのまま時間が過ぎてしまったため、朝倉はあまり乗り気ではなかったのではないか、気が変わったのではないか、と沢井はちょっぴり不安をにじませる。

朝倉は優しい声音で説明した。

「科が替わって忙しくてさ。土日に当番が当たってたんだよ」

「あ……そうだったんだ」

整形外科ローテでは緊急手術があると研修医も手術に入るため、オンコールの当番が当たっていたのだ。

沢井はほっと一息つく。

それから朝倉は目を細める。

「一緒に行けて楽しかったよ。また行けたらいいな」

「うん。それでね……十二月とか、約束ある？」

沢井はぎこちなく、噛《か》みそうになりながら聞いた。

「俺はまったく。沢井は？」

「私も。まったくないよ」

「……俺が予約してもいいですか？」

「はい。お願いします」

二人はよそよそしい口調になりつつも、約束を交わす。

お互いになにを言うべきかわからなくなり、沢井は一度、目をそらした。それから、もう一度朝倉を見る。

「風邪、引かないでね」

「おう、ありがとな」

「楽しみにしてるから。……またね」

沢井は朝倉に手を振って、階段を上る彼を見送る。そして彼の姿が見えなくなってから自宅に入った。

——とうとう言ってしまった。

緊張して、全然うまく伝えられなかった。彼にはちゃんと伝わっただろうか。ただの同期としてではなく、デートに行きたいのだと。

（大丈夫）

朝倉は察しがいいから。こんな無愛想な自分のことも、わかってくれるから。

去り際の彼の様子を思い出して、沢井はいっそう気恥ずかしくなって、ベッドに倒れ込んでじたばたする。

（どうしよう）

明日、彼の顔をまともに見られる気がしない。

こんな状態ではいつもの軽口をたたけるわけがない。

沢井は落ち着かない気持ちで過ごすのだった。


風見は発熱外来でタブレット端末越しに患者の問診を行っていた。

「昨日三十八度の発熱があり、今日は三十七度四分まで下がったということですね」

『はい。そうです』

発熱外来も病院によってやり方は異なっている。予約で軽症患者のみを診《み》る場合もあれば、受診した際に発熱患者をスクリーニングし、全例が回ってくる病院もある。

空知総合病院では後者であり、とにかく患者数が激増していた。

「症状は倦怠感《けんたいかん》と咳《せき》があるんですね」

『そうです。昨日よりよくなってきました』

すでに予診票があるため、それらの確認と足りない部分の問診が主な仕事内容となる。

若くて体力があり、新型コロナウイルス感染症の重症化因子がない人や、それ以外の発熱する疾患を疑わなければ、入院せずに外来で経過観察することになる。

受診したときにはすでに症状が落ち着いている人も少なくない。

今診《み》ている患者も、風邪といって差し支えない症状しかなかった。

「それではコロナの検査をしましょう。そちらが問題なければ、お薬を出しておきますので、お家でゆっくり休みながら様子を見てください」

『はい。わかりました』

人数が多すぎるため、指導医と一緒に仕事をこなしているのだが、なかなか大変だ。

一人片付いたらまた次の患者の問診を行う。今度は八十七歳の女性だ。

「発熱外来を担当する風見と申します。よろしくお願いします」

『よろヴォオしくおキィィイ！』

通信環境が悪いために画面や声は途切れ、ハウリングして甲高《かんだか》い音が響く。病院の敷地内に設置されたプレハブ小屋で診察しているのも原因の一つだろう。

風見は音が落ち着くのを待ってから話をする。

「昨日から三十八度のお熱があって、今も熱は続いているんですね」

『そうなんです』

「症状はよくなっていますか？」

『昨日よりひどくなってます。体が重くて、めまいがするんです』

　画面上に映る様子からは具合が悪そうに見える。

「これまでなにか病気をされましたか？」

『子宮体がんの手術をして、化学療法をしています』

　化学療法を行うと免疫力が低下するため、感染に弱くなって重症化しやすくなるのみならず、熱が出にくくなったり、さらに癌《がん》そのものでも発熱が起きるので、なにが原因であるかの判断が難しくなる。

「このあとコロナの検査と採血、採尿《さいにょう》を行いますね」

『はい。お願いします』

　風見はオーダーを出しつつ、ため息をつく。

（……まともに診察ができないよなあ）

　新型コロナウイルス感染症の陰性を確認した後、必要に応じて身体診察やＣＴなどの検査を行わなければならない。

　発熱外来はあくまでスクリーニングのための場所であり、精査が必要であればその後、院内で外来を受診することになるとはいえ、こうも制約が多くては新型コロナウイルス感染症のために他の発熱疾患の精査がおざなりになりがちだ。

発熱する疾患は新型コロナウイルス感染症以外にも多々あり、そちらを無視していいわけでは決してないというのに。

それからもしばらく発熱外来を続けていた風見であったが、やがて先ほどの採血結果が出たと連絡が来る。早速、電子カルテでデータを確認する。

（尿路感染症《にょうろかんせんしょう》だなあ……）

尿からは細菌がたくさん検出されており、炎症の値も高くなっている。

「コロナ陰性を確認できたら、内科外来を受診させてください」

風見は看護師に伝えると、また別の患者の診察を始める準備をする。

新型コロナウイルス感染症にかかりっきりの状態はいつまで続くのだろう。結局、二〇二〇年内には解決しそうにない。医療スタッフが対応に慣れてきた一方で、ちっともマンパワーは増えておらず、負担がのしかかるばかりだ。

風見は今後のことを考えると、少し憂鬱《ゆううつ》な気分になるのだった。


十一月末、夕方にはしんしんと雪が降っていた。

救急外来には一人の中年女性が来ていた。肩をぶつけてから痛みが出て、腕が動かないという主訴で来院したのだ。

「もう腕が上がんないんですよ」

朝倉がそう訴える患者の腕を動かすと、感覚が普通と違う。肩の骨が出っ張っており、腋窩《えきか》にはぼっこりと丸くて硬いものがある。

「これは関節が外れてますね」

「ええ⁉」

大慌ての女性である。

朝倉は患者に説明をした後、看護師に「ＣＴで骨折を確認した後、透視して整復するので、レントゲン呼んでください」と告げる。

それからピッチを鳴らした。

『はい！　須賀です！』

「研修医の朝倉です。今大丈夫でしょうか？」

『もちろん！　患者さんのことで困った？』

「五十代女性で左肩関節の脱臼《だっきゅう》疑いの方です。肩をぶつけてから腕が動かないとの主訴で受診しました。ＣＴで骨折を確認してから整復をしようかと思います」

『オッケー！　準備できた頃に行くね！』

「お願いします」

そうして待っている間にも、救急外来の電話が鳴る。

対応する看護師の言葉を耳にした朝倉は、嫌な予感を覚えた。そして案の定、彼女は受話器を置くなり告げる。

「ノコギリで木材を切っていたところ、足を切ってしまった患者さんが受診されるそうです」

やっぱり整形疾患である。整形外科は切り傷を診《み》ることも多い。

こうなると、対応は須賀とともに朝倉が頑張らなければならない。

（……いや、天候は関係ないだろ）

むしろ、なんでこんな悪天候の夜にそんな作業をしていたのか。もっといい環境の日があるだろうに。朝倉はそう考えつつも、まずは目の前のことに対応する。

「レントゲンです」

診療放射線技師がそう言って入ってくると、朝倉も患者を誘導する。

「ＣＴを撮りに行きますよ」

「ああ、先生……折れてるんですか？」

「それを確認するために、ＣＴを撮りますよ」

女性はため息をつきながら、ＣＴ室に向かっていく。

そして準備が整うと、技師が操作室から患者に指示を出す。

ボタンを押すと撮影台が動き、肩のＣＴ画像が撮られていく。朝倉はそれを眺めながら「うわあ」と呟《つぶや》いた。

「ガッツリっすね」

腋窩《えきか》に触れていたのは、上腕骨の頭の丸くなった部分で間違いない。派手に外れている一方で、放射線の技師は画像を見ながらほっとする。

「折れてるところはなさそうですね」

「ですね。それじゃ、整復します」

「わかりました。透視室に移動しますね」

朝倉が患者を連れて移動すると、須賀は先に来ていた。

透視室前のパソコンでＣＴ画像を眺めていたが、朝倉に気がつくと手を上げた。

「その患者さん？」

「そうです」

「よし。じゃあやろうか！　朝倉くんも、整形を回ってる間に、何回か整復してたっけ？」

「数回だけですが、いろいろ教えてもらいました」

「オッケー。一緒に頑張ろう！」

患者が撮影台の上に横になると、Ｘ線による透視画像を出す。

須賀はそれを見てから、朝倉に指示を出す。

「じゃあ、ゼロポジションに持っていこう」

「わかりました。左腕を上げていきますよ。力を抜いてくださいね」

朝倉は左腕を掴《つか》むが、かなり力が入っている。脱臼《だっきゅう》の整復をするには、力を抜くのが大事であり、なんとか緊張をほぐさなければならない。

「リラックスですよ。『ぐでたま』とか、あんな感じです」

「そんなこと言われたって……というか、骨がないでしょあのキャラ！」

やる気のない、脱力系の生卵の黄身をモチーフにしたキャラクターなのである。

「よく気がつきましたね」

「ほんとですよ。骨がなかったら整復なんていらないじゃないですか」

「その通りです」

話をしていると、腕の感覚が変わる。

(おし、力が抜けたな)

少し緊張が取れたところで腕を上に持っていく。

そして少し力を込めるなり、ガコン、と手応えがあった。

「あぎゃあああ⁉　先生、もう無理！　無理ぃ！　今バコッていいましたよ⁉」

患者が慌てる一方で、朝倉は「透視をお願いします」と診療放射線技師に告げる。

透視画像が映ると、上腕骨は元の位置にある。

「肩、入りましたよ」

「ええ⁉　本当ですか？」

患者は半信半疑であるが、「確かに楽になったかも」と、落ち着いてくる。

須賀は朝倉の肩をばしばしと叩《たた》いた。

「朝倉くん、ナイスナイス！　いいね！」

「ありがとうございます。うまくいきました」

人によってはなかなか整復できなかったり、痛みが強くて鎮静が必要になったりする場合があるが、彼女は無事に終わったのでなによりだ。

「やっぱり、整形外科医に向いてるよ！」

褒められて悪い気がしない朝倉であるが、

（整形外科医の素質ってなんだろうな）

改めてそんな疑問を抱く。

ただ、沢井よりは向いているよな、とは思う。少なくとも体を鍛えている分だけ体力があって力仕事もこなせる筋力があり、手術で疲れる頻度も少ないだろう。

沢井はそもそも、最初から整形外科を回る気はなかった。「無理。向かない」とのことであるが、整形外科のやけに明るい雰囲気と、体育会系のノリ、そして手術などの労働環境は、沢井にマッチする印象は皆無だ。

もちろん、医学的な内容に興味があれば誰でもウェルカムなのだが、彼女は骨や筋肉が好きなわけでもなかった。

（まあ……悪くはねえかもなあ）

こうした手技をこなして、達成感があるのは事実だ。

朝倉がそんなことを思っているとピッチが鳴る。救急外来の看護師からだ。

『先生、ノコギリで足を切った人が到着しました。あと、荷物を持ったときに腰が痛くなった人の救急車の受け入れ要請がありました』

（整形患者、さらに増えるのかよ。またしても天候に関係ないじゃねえか！）

患者が多いのも整形の特徴だ。

「わかりました。行きます」

看護師には快活に応えつつも、内心で叫ぶ。

（悪くねえってのは撤回だ！）

朝倉がなんとか気合いを入れる一方、須賀は「朝倉くん、引くね！」と楽しげな様子だった。

それから救急外来に戻ると、ノコギリで足を切った患者がいた。看護師はすでに縫合の一式を用意してくれていた。

朝倉は患者の足を眺める。

「そこまで大きな傷じゃないですね。ノコギリを落としちゃったんですか？」

「うっかりしてたんだ。俺も年だな」

患者はそう言って笑う。

空知地方では農業に従事している人も多く、こうした救急も少なくない。

「それじゃ、洗って縫合しますよ」

朝倉は生理食塩水をジャバジャバとかけて洗う。それから傷口の周囲に局所麻酔をして、痛みがないことを確認した後、傷を縫っていく。

（悪くねえ仕上がりだ）

朝倉は縫合部を眺めて、我ながら上手に縫えたと思う。

こうした作業は嫌いではないし、やっている最中は集中しているため、仕事をしているという意識はなくなる。気づいたら時間が過ぎているという感覚だ。

そんなふうに集中できる内容を仕事にしたほうが、将来的には楽なのかもしれない。もっとも、経験を積むにつれて考えも変わってくるのだろうが。

須賀は傷口を見て頷《うなず》きつつ、患者に告げる。

「一週間後、外来に来てくださいね。そこで抜糸しましょう」

「わかりました」

患者が退室するのと同時に救急隊が入ってくる。息をつく暇もない。

「よろしくお願いします」

救急隊員たちが患者を病院のストレッチャーに移す。続いて申し送りが行われる。

「七十五歳の男性です。本日、倉庫で作業中に腰が急に痛くなったそうです。タイヤを運んでいたとのことです」

申し送りを聞く限りでは特発性腰痛症、いわゆるぎっくり腰が疑われる。患者はかなり痛そうで、顔をしかめていた。

「いつから痛くなったんですか?」

「今日は車のタイヤを替えてたんだ。冬タイヤに交換しないと滑るから」

(天候、ちゃんと関係あったな)

思い込みはよくないと反省する朝倉である。

診察にあたって、先入観は邪魔になる。特発性腰痛症だろうと決めてかかるのも、あまりよくない。朝倉は気持ちを切り替えつつ、問診を続ける。

「痛くなった瞬間は、タイヤを持ち上げていたときですか？」

「いや、タイヤ交換が終わって、座って一息ついてたんだ。そしたら急にズキーンって、腰が痛くなって動けないもんだから、おっかさんに救急車を呼んでもらったんだ」

（うん？）

経過に違和感がある。持ち上げた直後に痛くなるのが普通だ。

朝倉は腰を押しつつ、尋ねてみる。

「痛みは強くなります？」

「変わらないね」

筋肉に痛みがある場合は、圧痛が生じることも多いが、この患者はそうではない。

既往歴《きおうれき》を確認すると高血圧、糖尿病《とうにょうびょう》、脂質異常症がある。飲酒は毎日ビール二缶、喫煙も一日一箱だ。

バイタルを見れば、収縮期血圧は百六十もある。

（これはもしや）

朝倉は看護師に告げる。

「技師さん、まだ残ってるか確認してもらっていいですか？」

「はーい」

診療放射線技師が帰ってしまったかどうかを確認してもらう間に診察を続ける。

「痛みは強くなったり弱くなったりしますか？」

「変わらんね。ずっと痛《いて》えんだ」

話を聞く限りでは、特発性腰痛症っぽくはない。そして患者の足を伸ばして上げてみるが、痛みがひどくもならず、腰椎椎間板《ようついついかんばん》ヘルニアらしさもない。

須賀もその意見に同意する。

「っぽくないね」

「そうなんですよ」

となると、考えられるのは……。

朝倉がパソコン上でオーダーを入力していると、看護師が声をかけてくる。

「レントゲンいました。もう準備してくれてたみたいです。ＣＴ撮りますか？」

「はい。造影もありでお願いします」

「わかりました」

朝倉は同意書を印刷するなり、患者に説明をする。

「痛みの原因を見るために、ＣＴを撮りましょう。造影剤という点滴の液体を使った検査を行います。アレルギーのような症状が出る可能性はありますが、その際は点滴のお薬で対応します」

「その造影剤って使わないとダメなんか？　前もＣＴ撮ったことあるけど、整形の先生は使ってなかったぞ」

「骨や筋肉には影響はないかと思いますが、内臓や血管の病気もないか、しっかり確認するために必要なんです。よろしいですか？」

「ふうん、まあ、それならいいけどよ」

同意書を取得するなり、ＣＴ室に向かうと、診療放射線技師が迎えてくれる。朝倉は彼に礼を言う。

「準備めちゃ早いっすね。ありがとうございます」

「撮るかなって、まだ電源落としてなかったんですよ」

「頼りになります！」

早速、操作室でＣＴが撮られるのを眺める。

単純ＣＴを撮った段階で、技師は「ああ、この辺り怪しいですね」と画像を示すが、あまりはっきりはしない。

彼らは日常的に撮影を行うので画像を見慣れているとはいえ、画像自体の精度に限界はある。

「じゃあ造影してみましょう」

今度は造影剤を用いてから、ＣＴを撮像する。血管の中が真っ白に映っており、非常に見やすくなった。そして血管の一部が黒く抜けている。破れたところに血の塊《かたまり》ができたのだ。

「こりゃ、解離っすね」

大動脈解離《だいどうみゃくかいり》による腰痛だったということだろう。重いものを持ち上げたのと関係なく、元々高血圧や喫煙などにより動脈硬化が進み、たまたまタイヤ交換が終わったタイミングで発症したようだ。もし見逃していたら、と朝倉がぞっとする一方、須賀は親指を立てる。

「ナイスだよ、朝倉くん」

「須賀先生のおかげですよ」

「俺はなにもしてないよ」

「整形以外の疾患の見落としに気をつけろって言ってたじゃないですか」

「確かに。じゃあ、俺も名指導医ってことで！」

調子のいいことを言う須賀である。

さて、診断をつけたからといって、そこで安心してもいられない。治療を行わなければ、命に関わる疾患なのだ。

朝倉は患者に説明する。

「CTを見ると、大動脈という血管が破れていました」

「ははあ……それで造影剤ってやつが効いてたってわけか」

やたらと感心する患者である。

あまり理解が及んでいない印象はあるが……。

「それじゃ、痛み止めを使ったら、帰っていいのか？」

「ダメですよ！」

造影剤は治療でもなんでもないのだ。検査のために使ったのである。

「入院です。手術が必要になる可能性が高いので、心臓血管外科の先生を呼びます」

「うちの犬に餌やってきてねえんだ。一回、帰っていいか？」

「そんな場合じゃないですから。命の危険性もあるんですよ。犬の餌はあとで奥さんにやってもらってください」

今ひとつ重大性を理解していないようである。

（犬より自分のことを考えてくれよ）

朝倉はなんだか気が抜けてしまったが、それはともかくとして、早期に発見できたのはなによりだ。

「心外《しんげ》の先生、来てくれるって」

須賀がすでに連絡をしてくれていた。

「ありがとうございます」

「朝倉くんもお疲れさま。今日はたくさん働いたし、あとはゆっくりできるといいね」

「そうですね。天気も悪いですし」

外には雪が積もっている。オンコールで呼び出された心臓血管外科の先生も、来るのは大変そうだ。

「引き継ぎはしておくので、須賀先生は休んでいてください」

「一緒に説明するよ。俺が呼んじゃったしね」

「助かります」

朝倉は患者の妻も診察室に呼び入れて、二人にあれこれと今後のことを説明する。

「これから心臓血管外科の先生の診察があります」

「手術ですか？」

「どうするかは、専門の医師の判断となりますから、そこで説明を聞いてください」

手術するかどうかは、その科の医師の判断となる。自分がやるわけではない場合は、明言すると話がこじれてしまうので、配慮した言い方がよい。

患者とその妻は今後のことを考えながら話し合う。

「あんた、よかったでしょ。見つかって」

「んだなあ。けど、犬に餌やれねえぞ」

「早くやっておけばよかったでしょ！　車ばっかりいじってるから！」

「お前、そんなこと言ったって、この雪だぞ！　冬タイヤにしないといけねえだろ！」

喧嘩《けんか》が始まってしまうと、朝倉はいたたまれない。

（なんでこの状況で、こんな話を聞かされるんだ）

人によって、病気に対する受け止め方は異なる。

これはもしかすると、気が動転してしまって、冷静になろうと日常の話題を求めた結果なのかもしれない。

いずれにせよ、朝倉は心臓血管外科の医師が到着すると、あとの対応は任せることにした。

（そういや、医師になったら、動物も安易に飼えないよな）

当直で家を不在にする日が多く、独身だとハードルが高い。なにかあったとき、ペットの面倒を見てくれる知り合いもいなければ、対応できなくなる。

(……俺も、家庭を持てるんかね)

自分の父親の姿を思い出すが、母とはうまくいっていなかった。ペットどころか、子供の面倒すら見てはいなかったではないか。

先ほどの患者夫婦くらい腹を割って喧嘩《けんか》できるほうが、むしろいい関係なのかもしれないと朝倉は思う。

その一方で、

(もし、あいつといられたら……尻に敷かれそうだ)

そんなことを考えて、気が早い自分に呆《あき》れる。

「さてと、寝るか」

朝倉は、今日診察した患者たちの疾患を振り返りながら、ベッドに向かう。

整形外科で他科の疾患を除外するのが大事なように、他科にいても整形外科の疾患を鑑別に挙げるのは大切だ。

自分が何者になるにせよ、きっとこの経験は無駄にはならない。

未来のことはわからないが、医師としても人間としても、少しでも前に進めればよいと朝倉は思うのだった。

8　清水と頑《かたく》なな日々（1）

十二月、研修医たちはローテートも切り替わり、年内最後の一か月の研修に励んでいた。

風見司は病棟で電子カルテと向き合っていた。今し方入院した患者の、情報を確認しているところだ。

現在は神経内科ローテートであり、脳梗塞《のうこうそく》やパーキンソン病などの患者が多い。そしていずれの疾患も嚥下《えんげ》機能が落ちるため、唾や食事をうまく飲み込めず誤嚥性肺炎《ごえんせいはいえん》を来《きた》すこともしばしばある。

（この患者さんは、食止めかな）

先ほど撮影したばかりのＣＴ画像を確認すると、肺の気管支の周りが白く写っている。食べ物を間違えて気管支のほうに飲み込んだため、そこで炎症が起きたと推測される。放射線科を回った直後であり、画像の読影にはそれなりに自信が持てた。

風見は絶食の指示を出す。それから水分やカロリーを補充しないといけないため、点滴をオーダーする。

（内服薬は……）

お薬手帳を確認すると、パーキンソン病治療薬のほかには高血圧の薬くらいしか内服していない。

入院して臥床《がしょう》すると血圧も下がり気味になるため、こちらは内服中止でも問題はないだろう。

一方でパーキンソン病治療薬は、できる限り完全中断にはしないのが望ましい。

風見がどうしようかと考えていると、薬剤師の小桜《こざくら》ゆめがやってきた。

「かざみん先生、今大丈夫ですか？」

「うん。……あ、お薬の確認してくれたんだ？」

小桜は入院患者の持参薬一覧を手にしていた。病棟薬剤師は患者がどんな薬を飲んでいるのかを把握すべく、持参薬の鑑別を行っているのだ。

「そうなんですよ。薬の継続はどうするかなって思いまして」

「意識状態も悪いし、誤嚥《ごえん》もひどいみたいだから、薬を飲むのも厳しい印象なんだよね。継続はしたいんだけど……」

「それでしたら、点滴や貼付剤《ちょうふざい》に変更する感じですかねえ」

薬が飲めなくとも、別の経路で患者に投与する薬剤があるのだ。どうしても内服がいいとなると、胃管という管を鼻から胃まで入れて薬を流し込む方法があるが、胃管は不快感も強く、点滴が使えるならまずそちらがいいだろう。

「うちの採用薬はなにがあるの？」

適した薬剤があったとしても、病院で採用していない場合は使いようがない。必要に迫られている場合は発注して入れてもらえるが、それでも入荷までの遅れが生じる。

「ドパストンもニュープロパッチもありますよ」

「あとは切り替える量だけど……」

「そうですねえ。患者さんが元々飲んでいた量を換算すると……」

小桜はあれこれと教えてくれる。

結果を基に、風見はようやくオーダーを出した。これでひとまず入院に関する仕事は片付いた。

「ありがとう、助かったよ」

「いえいえ。かざみん先生のお役に立てて光栄です！」

「僕なんか、なんの威光もないよ」

「ふふ、では偉くなるのを楽しみにしています」

小桜は冗談を口にして笑うのだ。

一方の風見は「そんな日が来るのかなあ」と半信半疑である。

「偉くなったら、かざみん先生を育てたのはこの私です！　って宣伝しますからね。楽しみにしていてください。お礼はおいしいお寿司でいいですよ」

「小桜さんの目当ては、むしろ寿司じゃないの？」

「バレましたか」

悪戯《いたずら》っぽく舌を見せる小桜である。

「お寿司なら、偉くなってからと言わず、いつでも奢《おご》ってくれていいんですよ。大歓迎です」

「そうだなあ。小桜さんにはいつもお世話になってるからね」

「あら、本気にしてくれるとは思っていませんでした。お誘いはとても嬉《うれ》しいんですけれども、かざみん先生、いつも半額のお弁当を食べているって聞いていますし、なんだか忍びないですねえ」

「そ、そんなイメージなんだ」

風見はがっくりと肩を落とした。

「ほかの研修医の先生たちに話を聞くと、だいたい皆さん『そんなイメージ』みたいです」

「いつも半額弁当ばかりじゃないはず……月に数回は自炊もするし」

「自炊とは偉いですねえ。数回とは具体的に？」

「三回……いや二回くらいかな……」

「随分、話を盛りましたねえ」

苦笑いする小桜である。

風見は照れつつも、こうして話ができる相手を貴重に感じて、真面目に提案してみる。

「コロナがもう少し落ち着いた頃にでも、お寿司にしようか」

関東では新規の感染者数は増加傾向にあるようだが、北海道では少しずつ減少しつつあった。もう少ししたらワクチンの接種も始まるだろう。

つい先日までワクチンは開発中だったし、そんなに早くできるはずがないというのが医師の中でも一般的な考えだった。しかし、近頃は日本での接種も急速に現実味を帯びつつある。

そのため、いつかはきっと元の生活に戻れるだろうと期待もしてしまう。

小桜はにっこりと笑う。

「かざみん先生とのお出かけ、楽しみにしています。回るお寿司でもいいですからね！」

「目が回りそうな金額じゃないところで考えておくよ」

二人は約束を交わしつつ、それぞれの仕事に戻るのだった。


清水涼子はリハビリテーション室にいた。

空知総合病院では理学療法士や作業療法士、言語聴覚士がそれぞれの専門性を生かし、患者たちのリハビリを行っている。

リハビリのオーダー自体は主治医が出すのが一般的であるが、空知総合病院ではリハビリテーション科医がいるため、様子を見て必要なものがあれば、追加で指示が出ていた。

清水はリハビリテーション科をローテート中であり、今は患者たちの様子を見て回っている。

自転車漕《こ》ぎをしているのは、先々週末に心筋梗塞《しんきんこうそく》で循環器に入院した患者だ。

（頑張ってるなあ）

気のいい五十代のおじさんで、経皮的冠動脈《けいひてきかんどうみゃく》インターベンション——冠動脈にカテーテルを入れて狭くなっている部分をバルーンで広げる手術——を行った後、早期からリハビリを開始して、経過は良好だ。

昔は脳梗塞や心筋梗塞を起こした場合は、しばらく絶対安静にすることが多かったが、現在では過剰な安静は有害とされている。無論、重篤で生死がかかった状況で行うものではないが、落ち着いたなら早期のリハビリをしたほうが、その後の回復も良好となる。

経皮的冠動脈《けいひてきかんどうみゃく》インターベンションの普及に伴い、入院期間は短縮し、早期の社会復帰も可能となってきた。きっと患者の医学的な面のみならず、生活面にもプラスに働いているだろう。

彼は清水に気がつくと、手を振った。

「お、清水ちゃん」

「こんにちは。今日も精が出ますね」

「おっかさんがしびれを切らしててさ。いつ帰ってくるんだって、今朝方メールが来たんだ」

家族が待っているから早く家に帰らないとな、といつも言っており、家が彼の居場所なのだと実感させられる。

「お仕事のこともありますからね」

彼は自営業だから、妻が頑張っているとはいえ、彼がいなければわからない仕事だってあるはずだし負担も大きいだろう。

患者の病気の治療はもちろんだが、生活のことも考えて治療を行う必要がある。

「最近は息切れもあんまりしなくなってきたんだ。ここで調子に乗るのはよくないってわかってるんだけど、なんとか家に帰れないもんかね」

「そうですね。経過もいいですし、主治医の先生にもお伝えしておきますね」

「ありがとう。清水ちゃんのおかげで元気が出てきた！」

おどけてペースを上げて自転車を漕《こ》ぐ患者に、清水はちょっとばかり慌てるのだった。

「無理はしないでくださいね！」

今後は外来通院リハビリでもよさそうだ。

（あとで主治医の本庄《ほんじょう》先生に聞いてみよう）

患者が元気になって、退院を検討している。そうした報告ができるのは、嬉《うれ》しい瞬間でもある。

医師という職業上、もう会わなくていいくらいに患者が健康になったのなら、それがなによりなのだ。

それからリハビリ中の患者たちを見ていく。

尿路感染症《にょうろかんせんしょう》で体力が落ちたが、自宅復帰を目指している高齢女性は、理学療法士が付き添いながら歩行訓練をしている。毎日、一万歩は歩くようにしていたと言っていただけあって、年齢の割にしっかりとした歩容である。

交通事故による麻痺《まひ》で手の動きが悪くなった料理人の男性は、包丁が持てないと困るため家事動作について作業療法士がリハビリを行っている。

脳梗塞《のうこうそく》後で構音障害があり、うまく話せなくなった男性には、言語聴覚士による発語訓練が行われていた。

（主役は患者さん、助演はリハスタッフ。医師は……監督かな？）

医師が表舞台に立つことはなく、あくまで患者の生活の質《QOL》が上がるように、指示を出す立場だ。

リハビリに関しては、本人の努力がなにより肝要である。もちろん、それはプラスの側面だけではない。

「それでは、立ち上がりますよ」

スタッフに告げられても、車いすに座ったまま動こうとしない高齢女性もいる。

「お体はつらいですか？」

「いや、別にそんなわけじゃないんですけどね。動きたくないんです」

「もうちょっと頑張りませんか？」

「結構です」

ぴしゃりとはねのけられては、無理強《むりじ》いもできない。

高齢者では本人の意欲が乏しく、寝てばかりで動きたがらない患者は珍しくない。ご飯は食べたくないし、なんにもしたくないのだ。

認知症や精神医学的な側面があるのであれば、ある程度の介入もするが、単に意欲がない場合は、医学的にはもはやどうしようもない。

そして家族も家で面倒を見られないとなると、施設や療養型病院に移ることもしばしばだ。特に、感染症などで入院して体力が落ちた患者にはよくある経過だ。あとは頑張って帰るだけ、という段になって躓《つまず》くのは珍しい事態ではなく、リハビリですっきりよくなるよりも多いパターンと言える。

清水が目を細めつつ眺めていると、舌打ちが聞こえてきた。

「ちっ……やる気がねえなら、そのまま くたばっちまえばいいのに」

八十代の男性で、パーキンソン病で嚥下《えんげ》機能が落ちており、先日から誤嚥性肺炎《ごえんせいはいえん》で入院している患者だ。感染症は改善したが、パーキンソン病は進行しており、自宅復帰に向けてリハビリをしているところである。

いつも悪態をついてばかりだから、作業療法士も慣れた様子で窘《たしな》める。

「辰巳《たつみ》さん、そんなことを言わないでくださいよ」

「だって、そうだろうよ。病気を治すために病院に来てるんだ。治療を頑張るのが筋だろ。俺ら年寄りが若いもんに迷惑かけてんだから、わがまま言うもんじゃねえ」

「辰巳さんは頑張り屋さんですからね。でも、お年寄りになると、気持ちが前に出なくて、頑張れない人もいらっしゃいますから」

「そうは言うけどよ……」

辰巳はまだ納得していないようだ。

辰巳は口調も荒く、清水は少し苦手な患者だった。だからといって診察をしないわけにはいかないし、仕事は仕事だ。

それに内心では少し、彼の意見にも同意していた。

医療費がかさむ問題もあるが、本人に元気になろうという気がないのなら、なんのために治療しているのだろうか、と考えるのは、人ならば誰しもやむを得ない。

「辰巳さん、頑張ってますね」

「おう。お嬢ちゃんか。仕事が残ってるからな。そいつを片付けるまでは死ねないんだ。それが終わって、ぽっくりとくたばれりゃ、満足な人生ってもんよ」

辰巳はそんな冗談を口にする。

仕事に対して熱心なのは間違いない。しかし……。

（もう、それどころじゃないんだけどなあ）

家に帰りたいという意思が強く、自宅での生活に向けて家屋調査が予定されている。しかし、患者の病気の進行具合を見ると、とてもではないが仕事ができる状態ではないし、施設に入るのが望ましいだろう。

病気の対応を優先するのか、患者の生き方を優先するのか、という状況だ。医学的な判断をするなら、独居のためいつ倒れて死んでもおかしくはなく、方針としては許可しがたいのだが、どうしても家がいいと言う患者の意思を無視するわけにもいかない。

こういう方にはどうすればいいのだろう。医師として、人として、なにを手助けすべきなのだろうか。そして自分にできることはいったい……。

清水は悩んでしまうのだった。

沢井詩織は当直明け、研修医ブースの近くにある仮眠用ベッドに横たわりながら、スマホでカレンダーを眺めていた。

十二月二十四日――クリスマスイブの日に予定が入っている。

これは期待してもいいのではないか。さすがに、単にご飯が食べたいだけなら、この日を狙い撃ちにはしないはず。

平日だから遠出をするわけではないが、おしゃれなレストランを予約してくれている。

まだ日にちはあるものの、沢井が少し浮かれていると、研修医ブースのほうで物音がした。風見と清水が話しながら入ってきたようだ。

「風見くんはクリスマスイブの予定はあるの？」

（清水ちゃん意外と積極的）

つい、聞き耳を立ててしまう沢井である。

「特にないよ。……あ、用事があるんだったら、僕でよければ代わるよ」

（いや、そういうことじゃないでしょ）

風見に突っ込みたくなる沢井であるが、ぐっと堪《こら》える。

彼が本気でそう返事しているのか、あるいはあえて意識していないように振る舞っているのか。

「そ、そうなんだ」

清水は困ってしまったようだ。それ以上の言葉はない。

しかも――

「お、いい話聞いた。風見さ、悪いんだけど、当直変わってもらえないか？」

（おい平山《ひらやま》！）

二年目研修医の平山であるが、沢井はあまり交流がないため、いつも筋トレばかりしているイメージしかない。

（クリスマスも一人で筋トレしてればいいのに！）

そんな手きびしい沢井の考えはよそに、

「いいですよ」

「助かる！」

あっさりと承諾する風見である。

「というか、平山さんでも予定があったんですか」

「平山さん『でも』ってなんだよ！　彼女だよ彼女」

「彼女いたんですか？　全然、そんな気配なかったんですが……」

「マッチングアプリで付き合い始めたんだよ。風見もやったらいいぞ」

（そんなものより身近で探すべき！）

沢井は心の中で主張する。北海道内でマッチしたとしても、広すぎるため会いに行けないパターンもあるし、空知地方同士で探すのも難しい。

そもそも、いい人は院内にたくさんいるのに！

「うーん……知らない人と会うのは抵抗がありますね」

「そうは言うが、風見もおっさんに片足突っ込んでるからな」

「確かに……」

風見の声のトーンが低くなった。

（迷うよりも先にやることあるでしょ！）

沢井は風見に一言、発破《はっぱ》をかけてやりたい気持ちが膨らんでくる。

けれど、今になって飛び出していくわけにもいかない。沢井はベッドの上でもどかしい思いをするのだった。

その日、清水は辰巳の家屋調査に来ていた。

「お邪魔します」

患者の家は、人によってはすさまじいゴミ屋敷になっている場合もあるが、辰巳の家は片付いていた。

そもそも、居間には物がほとんどなく、最小限度の生活をしているように見える。

「こっちが仕事場なんだ」

案内をしようとした辰巳であったが、最初の一歩がなかなか出なかった。パーキンソン病では「すくみ足」といって、歩き始めが動けなくなる症状も多い。

（やっぱり、家での生活は難しいんじゃ……）

清水がそう考えた辺りで、辰巳は「えいっ」と号令をかけてから、ようやく緩慢な動作で、足を引きずるようにしながら動き出した。

仕事場の扉を開けると、その向こうには、大量の工具や皮革が置かれていた。先ほどの居間とはまるで別の家のようだ。

「あと一件、片付いてない仕事があるんだ。それが終わったら……廃業してもいいと思ってる。ただ、それまではやめられねえんだ」

作業机の上には、作りかけの鞄《かばん》が置かれている。

清水は真剣な辰巳の顔を見て、彼の人となりを初めて知った気がした。この人がどういう暮らしをしてきたのかが、この部屋に詰まっているように思われた。

「お仕事に誠実なんですね」

清水の言葉に、辰巳はなんでもないことだと返す。

「お嬢ちゃんがいろいろやってくれるのと同じだ。なにも特別なことじゃない」

清水が患者について考えるのが日常になっているように、彼もまた、日常的に仕事に向き合っている。

「仕事には向かうべき相手がいるんだ。そりゃ職人だから、精魂込めて作るのは当たり前だけどよ……それだけじゃなくて、できあがったものを使ってくれる人がいてこそ、俺らの仕事は完成するんだ」

そんなことを考えて、辰巳はこの家に戻ってきた。

病院ではなにかと「トラブルメーカーな患者」の彼であるが、この家では「昔ながらの職人」なのだ。

作業療法士は段差の有無や、家で生活するにあたって不便な点を確認する。これは非常に大事な作業であり、本来の目的である。

清水はスタッフと協力して問題点をあぶり出していく。

（家に来てよかった）

辰巳の生活を知れば、彼の今後の方針を決めるのに役立てられる。どんな支援を必要としているのか、本人の意見だけでなく、医療側からも判断ができるからだ。

けれど、清水にとってはそれ以上に心境の変化が大きかった。

（辰巳さんのこと、全然知らなかったんだ）

パーキンソン病の患者としての治療経過や現在の状況は知っている。けれど、それはその人を構成するほんの一部分の情報を見ているにすぎない。

今日この日、彼を見る目が「パーキンソン病の入院患者」から「辰巳」という個人に切り替わった気がした。

9　清水と頑《かたく》なな日々（2）

病棟を歩いていた沢井詩織は、離れたところに朝倉雄介を見つけた。

（あっ……）

今日は朝から会っていなかったので、少し嬉《うれ》しくなる彼女であったが、すぐに冷静になる。研修医ブースならまだしも、病棟で浮かれた姿を見せたら噂《うわさ》になってしまうに違いない。

幸い、マスクをしているから、緩んだ口元は見られなくて済む。気をつけよう、と考えていると、いつしか病室から出てきた雪野が朝倉に話しかけているではないか。

沢井は思わず、さっと柱の陰に隠れた。

（……なにやってるんだろ？）

問いかけは果たして、あの二人のことか、それとも自分自身に対してか。

堂々と行けばいいのだが、そんな気分にもなれない。かといって、盗み聞きするのも気が引ける。

沢井は朝倉からは見えない経路でスタッフステーションに戻ってくると、電子カルテを開く。

なにか別の作業でもしようかな、と考えるが、ちっとも仕事が手に付かない。

（集中できない……）

顔を上げると、目の前を雪野が横切っていくところだった。

彼女は沢井を見て、目を細めた。その表情が意味ありげに思われて、沢井はどうしようと悩むのだが、結局は目を逸らしてしまう。　人間関係の構築があまり得意ではない自分が、こんなときは恨めしかった。


パソコンの画面を見ながらぼんやりと考えていると、

「お、沢井がこの病棟にいるの珍しいな」

朝倉が声をかけてきた。

彼はどことなく嬉しそうに見える。雪野と会っていたからだろうか。

沢井はちょっと口をとがらせる。

「なにかいいことあった？」

「それが実はさ……」

朝倉は内緒話をするように顔を近づけてくる。

（ち、近い近い！）

どぎまぎする沢井である。

「雪野さん、結婚するんだ」

「……へ？」

予想外の言葉に、沢井はきょとんとしてしまった。

理解が追いつかなくて間抜けな声が出た。

「朝倉と？」

「そんなわけねえだろ」

ほっとする沢井であるが、一方で朝倉は呆《あき》れた顔をしていた。

「結構前に趣味の話になってさ。雪野さんもゴルフをやるっていうから、俺も大学のサークルの話をしたんだけど、共通の知り合いがいたんだ。そんで三人でゴルフに行って、すっかり意気投合して……ってわけだ」

そこから雪野は、その知り合いと仲良くなって、結婚に至ったという経緯らしい。

「あ……それで、雪野さんと車に乗って旭川に行ったんだ」

「……見てたのかよ？」

うっかりしていた。

もう遅いが、一応取り繕ってみる沢井である。

「見てないよ」

「沢井は嘘《うそ》つけないタイプだよな。表情豊かだし、顔に出すぎ」

朝倉はそう言って笑う。

そのように評価されたのは初めてである。むしろ感情が顔に出ないとばかり言われてきた。

朝倉は観察力が高いとはいえ、いろいろと察せられていたのだと思うと、なんだか恥ずかしくなってしまう。

沢井は素直に謝った。

「ごめん。外見たら、ちょうど車に乗るところだった」

「なんにもやましいことはねえから、いいんだけどな」

「……でも、ちょっとは期待してた？」

沢井は言ってから、あ、これ面倒くさいやつだ、と自己嫌悪に陥る。けれど、朝倉はみじんも気にしたふうではない。

「いや？　その知り合いはめっちゃいいやつだから、うまくいきゃいいな、とは思ってたが。まさか本当にうまくいくとは……」

朝倉はそれから「この話は内緒な」と、念押しする。まだ雪野は結婚する話を誰にもしていないようだ。これを機に仕事を辞めて旭川に行く予定もあるらしい。

沢井はこくこくと頷《うなず》いた。

（そっか……辞めちゃうんだ）

医療従事者は資格を持っていて転職が容易な職種も多く、仕事を辞めて結婚相手のところに行く人もなんら珍しくない。

仕事とプライベートのどちらを優先するのかは、他人事《ひとごと》ではないだろう。雪野の決断を、沢井は自分と重ねてしまう。

とりわけ医師は転勤が多く、医局に属していたら毎年のように異動を命じられる。しかも病院側の制度ではないため、医師が自主的に毎年、退職と入職を繰り返している扱いになる最悪のシステムだ。

新専門医制度が始まってから、若手は特に地方に飛ばされるようになった。しかも他の都府県と異なり北海道はあまりにも広すぎるため、医師同士で結婚した場合は、お互いの転勤により車で数時間もかかる距離に離れてしまう場合もある。

だから別居婚でバリバリ働くのはわずかで、一緒に生活するためにどちらかが専門医や研究、昇進を諦めるなど仕事をセーブすることがほとんどだ。そしてこれまでは主に妻がそうしてきた。

「ま、めでたいことだ」

朝倉の言葉を聞いて、沢井は気持ちを切り替える。

彼がそう言うように、めでたい話なのだ。自分の選択の先に、幸せがあると信じて雪野は前に進んだ。

「うん。よかったよね」

沢井も自分の決断がよかったと思える日が来れば、と願う。

朝倉は一見すると軽い男だが、大事なことはしっかりと考えてくれる相手だ。

「さて、俺も仕事に戻るかね」

「忙しい？」

「いや、そういうわけでもねえんだけど、発熱外来のコロナ陽性の連絡をしないといけねえんだ」

新型コロナウイルス感染症関係はなにかと事務作業が多くなり、時間が取られる。

研修医は一切新型コロナウイルス感染症に関わらない病院もあれば、積極的に戦力にされるところもある。空知総合病院はその中間で、上の医師の手が回らなくなっていると、ヘルプとして行く形だった。

「大変だね」

「先月と比べたら随分落ち着いたから、来週辺りはあんまり心配なさそうだ。よかったよ」

それは食事に行く約束のことを言っているのだろう。

「うん！　仕事、頑張ってね」

沢井は朝倉を見送ると、浮かれる気持ちを抑えて、自分の仕事に戻るのだった。


清水は小走りで病棟に向かっていた。

辰巳がもう療養型病院に行く、家に帰らなくていいと言い出したと連絡があったのだ。あんなに帰りたがっていた彼に、なにがあったのだろう。

病室を訪れると、辰巳はぼんやりした顔でカレンダーを眺めていた。

「辰巳さん、家に帰らなくていいって……本心ですか？」

「ああ。もう帰る理由がなくなった」

カレンダーから目を離さずに、辰巳は呟《つぶや》く。

「もう、終わっちまったんだよ」

それが意図するところは清水にも察せられた。

彼はため息をついてから、ゆっくりと話をしてくれる。

「キャンセルするってよ。随分と待たせてたからなあ。もう少し、あと少しだったんだよ」

その少しの時間が彼にはなかった。

作りかけの鞄《かばん》は今も完成を待ちわびているが、行き先は完全に失われてしまった。

あれほど生にしがみついていた辰巳は、まるで別人のようになって、一気に何年分も老けて見えた。元々、病気はかなり進行していたのにもかかわらず、無理して気張ってきただけなのかもしれない。

その気力が失われた今、彼の生命力は風前《ふうぜん》の灯火《ともしび》にも思われた。

「先生、いろいろとご迷惑をおかけしました」

辰巳は頭を下げた。

ずっと「お嬢ちゃん」としか呼ばなかった彼が清水に敬語を用いる。本当の彼は、こうした人物だったのかもしれない。

生き続けなければならないと、虚勢を張って強い自分を演じていた結果だったのだろうか。だとすれば、彼がいつもリハビリテーション室で悪態をついていたのは、よくなる可能性が高いのに頑張ろうとしない患者たちが疎《うと》ましかったのが理由に違いない。

気力がなくなると驚くほど弱ってしまう患者もいるから、医学的にも望ましくない。けれど辰巳が気落ちしたのは病気だけが理由ではないため、清水自身がこの最後に納得できなかった。

「辰巳さん……鞄、最後まで完成させましょう！」

「受け取ってくれる相手はいないのにか」

「私が依頼します！」

真剣な清水の表情に、彼女が決して思いつきで言っているわけではないと、辰巳も理解する。

「革製品はちょいと値《ね》が張るぞ」

「な、なんとかします……！　これでも社会人ですから！」

一年目とはいえ、給料はもらっている。

（節約すればなんとか！）

清水が決意を口にすると、辰巳は口元を緩めた。

「先生は……本当にいい医者だな。けどよ、やっぱり……無理だな。もう手が動かなくなってきてる。空元気《からげんき》がなくなったら、もうこのざまだ」

辰巳は小刻みに震えて思うままにならない腕をにらみつける。振戦《しんせん》というパーキンソン病の症状だ。

「わかりました。……私が辰巳さんの代わりをします！　教えてください」

「なんで……そこまで」

「辰巳さんが言ったとおり……仕事には向かうべき相手がいるんです。これは医師の仕事の範囲ではないかもしれません。でも、今の辰巳さんに一番必要なことだと私は思います」

「……この時勢、もう食っていけねえから、弟子は取らないと決めてたんだが、最初で最後の弟子だ。指導は厳しいぞ」

「受けて立ちましょう！」

辰巳は少し、元気になったように見えた。

これで話はまとまったので、あとは辰巳の家から鞄や工具を取ってくるだけだ。清水が退室する前に彼が告げる。

「先生、療養型病院への転院調整は進めてくれ」

「いいんですか?」

「転院日は先生が立派な鞄《かばん》を作り終わったあとならいつでもいい。そうでないと、俺は心残りがあって化けて出るようになるぞ」

「が、頑張ります」

不器用な自分でもできるかな、と清水は不安になるが、やるしかない。

清水は早速、スタッフたちとも情報を共有し、今後の予定を立てることにした。


年末に近づくにつれ、病院は緊急の対応を減らすように手術を組まなくなったり、患者が自宅で過ごせるように退院させたりするため、入院患者が減る傾向になる。

もちろん、退院できない患者たちは病院で年を越すのだが、いつもよりも病棟は静かだった。

その一方で今晩はクリスマスイブであり、浮かれた人たちが怪我《けが》をしたり急性アルコール中毒になったりして、ごった返すのが時間外の救急外来である。

「先生、その薬は救外に在庫がないんですよ」

看護師にそう告げられたのは風見である。

基本的に時間外は薬剤師がいないため、救急外来の棚にある薬を使うのだが、それ以外の薬が必要な場合は薬剤師を呼ばなければならない。

「じゃあ薬局を呼ばないといけないですね。……クリスマスイブなのに悪いなあ」

「まだ早い時間ですし、呼び出し手当が出るので気にしなくていいですよ。どうせ、こういう日は独り身の人が呼ばれますから」

「どこの医療機関も、独身に優しくないですよね」

年末年始もそうだが、特別な日は若手の独身者に押しつけられる傾向がある。家族がいれば配慮されるというのも不公平な話であるが、そのような風潮がある以上、戦わなければ黙々と働かされるしかない。

（やっぱり、悪いなあ）

そう思いながらも、仕事だからやらなければならない。

薬剤師を呼んでもらっておいて、その間に風見はカルテを書いたり、患者への説明をしたりする。

それが片付いたところで、今日の当直の指導医である早瀬《はやせ》が言う。

「最初、あんなにぴよぴよとトイレまでくっついてきた先生も、随分立派になったな」

「ありがとうございます」

早瀬は入職したばかりの四月に風見を指導していたから、いっそう成長を実感するのだろう。

研修医でもこれくらいの時期になると、救急外来での研修に重きを置いている病院では対応にも慣れて、一人である程度回せるようになる。病院側も戦力として雇用しているのが実情だ。

風見は特に当直に入りまくっていたため、珍しい症状で来る患者以外はそつなくこなせるようになっていた。

褒められて浮かれていた風見に早瀬が笑顔を向ける。

「やっぱり、今日の当直は先生に頑張ってもらおう」

「頑張ります」

「その間、俺は子供とビデオ通話してるから」

早瀬は子供をなにより大事にしているが、不運にもクリスマスイブに当直が当たってしまったようだ。

「こんな日に当直なんてついてないですね」

「先生みたいに当直を志願したわけじゃないんだけどな。まあ、時間有給を取って、当直前にいったん帰って子供と遊んできたが」

十分にクリスマスイブを満喫してきたらしい。

「家族の時間が取れてなによりです」

風見は素直にそう思う。自分は家族とうまくいっているとは言いがたいし、幸せな家庭を築くことができるのなら、それだけでも父親としては立派だと感じる。

早瀬は風見を小突く。

「そんなわけで頼むぜ。極悪指導医からの丸投げだ。はっはっは」

「先生、そういうときは憎まれ口をきくよりも、力がついてるからって褒めるものですよ。研修医もおだてりゃ木に登るって状態にするほうがいいと思います」

「それもそうだな。いやあ、風見先生は頼りになる〜！」

「もう遅いですってば」

そんな冗談を言っていた二人であるが、早瀬が風見の診療能力を把握した上で、仕事を任せてくれているのは事実である。

「なにかあれば、いつでも呼んでいいからな」

それは四月に早瀬から教わったことでもある。研修医ならば指導医の手を煩《わずら》わせないように誰しも配慮するが、最終的には患者のためになるかどうかで判断すべきなのだと。

今はローテート中の科の指導医ではなく、当直の間だけの指導医だが、その関係は変わらない。

風見は四月の日々を懐かしく思い出す。

「先生は呼び出したら、うんこしているとき以外は出てくれるんですよね」

「え、いきなりなに言い出すんだ。どん引きなんだけど」

「先生がご自分で言ってたんじゃないですか！」

「そうだっけか」

それ以外のときなら、いつでも電話に出ると言っていたのだ。はしごを外された気分になる風見であった。

早瀬は「悪い」と笑いながら、患者の電子カルテに目を向ける。

「あとのことは任せていいか」

「ええ。といっても、あとは薬を渡すくらいなので、カルテを書き終えたら医局に戻ろうかなと思いますが」

「薬を渡すくらいなら看護師さんにお願いしてもいいな」

「そうですね」

「まあ、とりあえず先に医局に戻ってるから」

「はい。お疲れさまでした」

早瀬がいなくなった後、風見はカルテを記載する。書き終えて問題がないことを確認していると、足音が聞こえてきた。

「こんばんは！　かざみん先生！」

振り返ると小桜ゆめがいた。

「あれ、小桜さん。どうしたの？」

「今日はクリスマスイブなので、ゆめちゃんサンタからのプレゼントです！」

笑顔で渡されたのは……。

「あ、お薬か」

「薬剤師ですからねえ。それはそうですよ」

「今日の当番って、小桜さんだったの？」

「そうなんですよ。独り身のつらいところですね！」

結婚していないのは知っていたが、彼氏と予定がある人であれば、ある程度は配慮されるものだと思っていた。

誰からも好かれそうな性格だが、そういう付き合いはないのだろうか。

「小桜さんが来るなんて、全然予想してなかったよ」

「あら、じゃあ会えてラッキーですね」

小桜はおっとりと笑う。

「本当にね。小桜さんなら、呼びやすいなあ」

「かざみん先生のために、いつでも来てあげます。お薬に関して困ったことがあれば、遠慮せずに連絡してくださいね」

「ありがとう。助かるよ」

風見はお礼を言ってから立ち上がる。

「それじゃあ、僕は医局で夕飯にしようかな」

「今日のメニューはおいしいんですか？」

「クリスマスイブだから、きっと特別メニューじゃないかな？」

「期待ですね！」

「病院食だからそこまででもないけどね」

風見は小桜と別れて医局の研修医ブースに戻ると一息つく。

清水の机の上には、作りかけの鞄《かばん》が置いてある。業務時間が終わってから、ここでちまちまと作っているのだが……。

（不器用だなあ）

やっぱり、慣れるまでが一番大変なのだろう。医療に関する手技に関しては上手になった清水だが、革細工はまるでダメなようだ。

とはいえ、完成が近づいている。辰巳の転院が年明けに決まったから、それまでに終わらせたいはず。

（頑張れ）

風見はとてもそこまでする気にはなれなかったし、清水はすごいと感心するばかりだ。医学的な内容に熱心な医師は少なくないが、患者の人生を考えた上で、業務外となる医学以外のことにも情熱を注げる人は決して多くない。

だから風見も、この鞄《かばん》の完成が楽しみな一人である。

やがて彼は検食を取りに行く。

「今日はなにかなあ」

クリスマスといえばやはりケーキだ。病院食でも定番のはず。

そんな期待をしながら、検食が入った棚を開けてみると……。

「ん？」

ケーキがない。普段と同じ食器が置かれているばかりだ。

（いや、まだ可能性はある……！）

ケーキ以外の特別メニューかもしれない。

主食の蓋をぱかっと開ける。真っ白なご飯が出てきた。ここまでは予想の範囲内だ。

（小鉢は……）

きんぴらゴボウだ。汁物は普通の味噌汁であり、だんだんと希望が持てなくなってくる。

いよいよ、最後に残った主菜の蓋を取る。

「……豆腐だあ」

餡《あん》がかかった豆腐だ。しかも量が少ない。

風見は膝から崩れ落ちた。棚の下に張り付けられているメニュー表が見えた。

どうやら昼にケーキが出ていたようだ。一日のカロリーは決まっているため、昼のケーキにカロリーが吸い取られて、夕食が質素になってしまったのだろう。

「クリスマスに、これかあ……」

なんとか立ち上がった風見は、まじまじと検食を眺める。

レトルトカレーをかけるしかない。そうすれば、多少はマシな夕食になる。

そんなことを考えているとピッチが鳴った。患者が来たかと思うが、表示されている名前は「当直薬剤師」だ。

「はい。研修医の風見です」

「薬局の小桜です。今大丈夫ですか？」

「うん。なにかあった？」

「えっとですね。プレゼントがあるのですが、今から行ってもいいですか？　というか、もう医局まで来ちゃったんですけれど」

「今、開けるね」

風見は検食を近くの机に置いて、医局の入り口に向かう。カードキーがないと開かない仕組みになっているため、基本的には医師と医局秘書くらいしか出入りができないのだ。

扉を開けると、小桜がいた。

「メリークリスマスです！」

彼女は手に小さな箱を持っていた。

「これは……普通のプレゼント？」

「はい！　期待してください。普通のクリスマスプレゼントです！」

普通とはなんだろうか、と自分で言っておいて首を傾げる風見であるが、少なくとも冗談ではないようだ。

「ケーキを焼いてきたんです」

「お手製なんだ。大変だったでしょ？」

「いえいえ。前に約束したじゃないですか。手料理を持っていきますよって」

そういえば、と風見は思い出す。

新型コロナウイルス感染症患者の濃厚接触者となって自宅待機していたときに、そのような話をしていた。

「お夕飯にケーキが出るなら、被《かぶ》っちゃったかなと思ったのですが……」

「大丈夫だよ。検食を見てほしい」

風見が医局の中に招くと、小桜は「お邪魔します」と足を踏み入れる。

そして検食を見て「うわあ」と呟《つぶや》いた。

「これはがっかりですねえ……」

「だよね。というわけで、すごく嬉《うれ》しい！」

「喜んでもらえてなによりです！」

小桜も嬉しそうにしていた。

「全然、お返しも用意できてないんだけど……今度、お寿司にしよう！」

「はーい。期待していますす。当直、頑張ってくださいね！」

「うん。今日はありがとう」

「では、またなにかあれば呼んでください！」

小桜は手を振りながら医局を出て行く。風見は彼女を見送ってから箱を開けてみる。

真っ白なクリームにイチゴが乗ったケーキだ。見た目もきれいで、ケーキ屋のものと比べても遜色《そんしょく》ない。

（小桜さんは薬剤師だけじゃなくてパティシエもできるなんて多才だなあ）

風見は感謝するばかりである。

ケーキを食べる前に夕食を取るべく、ご飯に温めたレトルトカレーをかけていると、医局の扉が開いてベテラン内科医の小森《こもり》が入ってきた。

「お、風見くんだ。今日も当直かい？」

「はい。小森先生は呼ばれたんですか？」

「そうなんだよ。入院患者たちは全員、落ち着いてたんだけど、よりにもよってクリスマスイブの夕方に急変してさ！」

「タイミングが悪いですね」

「本当にね。コロナが流行《はや》る前はクリスマス会があったから病院に来てたけど、もうなくなっちゃったからさ。今日は札幌に帰る予定だったんだよ」

空知地方には札幌から来ている医師も多い。当番や当直があるため毎日札幌から通う者は少ないものの、土日に札幌に帰る生活は一般的だ。

けれど、小森はいまだに主治医制を取っているから、なにかあればすべて呼び出されてしまう。

「帰れないって言ったら奥さんカンカンになっちゃってさ！」

「先生に会いたかったんですね」

「もう結婚して何十年にもなるから、そんな可愛いもんじゃないよ。このあと家に帰るんだけど、平謝りだね。夫婦円満のコツは頭を下げることだから、風見くんも覚えておくといいよ」

「肝に銘じます」

それを円満というのだろうか、と思う風見であったが、余計な突っ込みはせずに心の中にしまい込んでおいた。

それから夕食を済ませ、風見はケーキに手をつける。上品で素朴な甘みが口の中に広がる。

「おいしいなあ……」

幸せを感じる風見である。こんなクリスマスイブも悪くない。

ケーキを堪能していた風見は少し考える。

（彼女かあ……）

平山に言われたことだが、確かに、そろそろ将来について具体的に考えなければならない年齢だ。以前は仕事を覚えるのに手一杯で、それどころではなかったが、最近は少しずつ余裕も出てきた。一年目には必修科のローテートはおおかた終わるため、二年目には希望した科が中心となる。二度目に回るところもあり、新しい科を回る期間も少なくなるため、今のバタバタしている日々は落ち着いてくれるだろう。

けれど、それは別として……いまだに家族と和解ができていない自分が、誰かと付き合ってもよいものだろうか。

条件なんて好きかどうかだけでよいのだ、家族関係まで判断材料にするのは考えすぎかもしれない、とは思うものの、なかなか踏ん切りはつかない。

転勤が多い医師という仕事に就いた以上、遠距離恋愛になる可能性が出てくるため、最近の医師はたいてい、そのタイミングで結婚するか、別れるかの方針を決める。ただでさえ家庭をうまく築けるか自信がないのに、そうした制約までつきまとうと、つい消極的になってしまう。

風見はどうすべきかな、と思いながら、甘いケーキを食べるのだった。


落ち着いた雰囲気のレストランに沢井と朝倉はいた。窓の外はすっかり雪が積もっているが、店内は暖かい。

沢井はとっておきのワンピースを着ており、向かいに座る朝倉は一張羅《いっちょうら》のジャケットを羽織っている。

特別な日のディナーだった。

(緊張する……)

普段、隣の席にいて話をしているはずなのに、今はそれどころではない。

コース料理はおいしかったし、楽しく食事ができたのは間違いない。けれど、問題はそのあとだ。

(これからどうすればいいんだろう)

もうすぐ最後のデザートも食べ終わってしまう。たぶん、そこで話がなければ、なにもないままデートは終わってしまう。

朝倉から話がなければ……自分から言うしかない。いや、でも、それでうまくいくのだろうか。

あれこれと悩みながら、ちびちびとケーキを食べていた沢井であるが、皿は空になってしまった。

一瞬の沈黙の後、それまで和やかだった朝倉の表情が引き締まる。

沢井も雰囲気で察した。これから彼が言わんとしていることを。

「沢井さん」

「はい」

「お話があります。聞いてください」

普段は飄々《ひょうひょう》とした朝倉だが、今は少し表情も硬い。

沢井もまた緊張しながら頷《うなず》く。彼の言葉を聞き漏らさないように、まっすぐに見ながら。

朝倉はゆっくりと、沢井に思いを告げる。

「いつも一緒にいるのが楽しくて、これからもずっと側《そば》にいてほしいです。好きです。付き合ってください」

待ち望んでいた言葉を告げられて、沢井は迷うことなく応える。

「よろしくお願いします」

ほっとした顔の朝倉を見て、真剣に向き合ってくれたのだと、沢井の胸の奥がじわりと温かくなる。

沢井は幸せでいっぱいだった。


十二月の最終週、清水は辰巳の病室にいた。

手にはできあがったばかりの鞄《かばん》を持っている。

「どうですか！」

「……作りが甘いな」

「そ、そうですか……」

なんとか最後までやり遂げた充実感でいっぱいなのは間違いないが、辰巳が言うように縫い目はきれいではないし、少し上達した今だからこそ、もう少しうまく作れたのでは、という反省点が次々出てくる。

辰巳はそれでも笑顔だった。

「これは今までで一番、精魂のこもった立派な代物だ。俺の生涯の最高傑作だって言えるさ」

「本当ですか？」

「技術的には、こんなひどいのは初めてお目にかかるがな」

清水はがくっと肩を落とした。

「お医者さんってのは、だいたい器用なもんだと思ってたが……」

「たまにいるんです。すごく不器用な人も」

「ま、先生は職人になるわけじゃないんだ。もっと大事なことはある。不器用で、その分だけまっすぐないい医者だよ」

「ありがとうございます」

なにはともあれ、辰巳は満足してくれたようだ。

「先生、ありがとな。もう悔いはねえ」

「まだまだ、先は長いですよ」

「……そうだな。最後に一番いい仕事をさせてもらったんだ。余韻《よいん》に浸りながら、余生を楽しむとするか」

辰巳はもう少しだけ頑張ってみようと口にする。闘病生活の中で思い描いていた着地点とは少し異なるが、そこまで悪い場所でもないだろう。

「鞄《かばん》のお代を払いますね」

「いらんいらん。餞別《せんべつ》代わりだ。だいたい、これから死ぬ人間に金は必要ないだろ」

「なにか欲しいものができたときに使えますよ」

「それくらいの余裕ならある。先生が心配するほどじゃないって」

辰巳にとって、本当にほしいものはすでに得られたのだろう。だから、清水もそれ以上は意固地にならなかった。

「わかりました。ありがたくいただきますね」

「大事に使ってくれ」

「はい！」

金品よりも大事なものがあると、今回は強く実感することになった。だから清水も素直に鞄を受け取った。

きっと今、この鞄は持ち主を得てようやく完成したのだ。

来週、辰巳は転院する。悪くない人生だったと最後まで思ってくれるのなら、努力した甲斐《かい》があったというものである。

清水は辰巳に礼をしてから、完成した鞄を手に病室を出るのだった。

エピローグ　朝倉と寄り添う隣

仕事納めの最終日、研修医たち四人はブースでくつろいでいた。先週までにたいていの業務は片付けたので、今日は早い段階でやることがなくなってしまったのだ。

年末年始にローテート中の科も切り替わるため、科の当番などは割り当てられていなかった。当直がなければ、年明けまでもう病院に来る必要はない。

朝倉は皆に問いかけてみる。

「年末年始、皆は実家に帰るのか？」

「うん。お父さんが待ってるって」

「当直が当たってないから、私も実家でゆっくり過ごす予定だよ！　朝倉くんは？」

「さすがに年末年始くらいは帰るな。弟たちにうまいもんでも食わせてやるさ」

そこで清水はふと気づく。

「あれ？　誰も当直がないんだ？　……これ、ほとんど風見くんがやってるからだよね⁉」

当直表を見れば、風見の名前が大半を占めている。

彼は元々、当直に高頻度で入っていたが、この週は特に多い。希望しなければ、こうはならないはずだ。

「休みがないけど……いいの？」

「労働基準法的にはよくないけど、どこの医療機関もそこは黙認してるからいいんじゃないかなあ」

『当直』とは週に一回が限度で、軽度で短時間の作業であり、十分に睡眠が取れることと定義されているものの、急性期の病院では守られていないのが現状だ。年末年始や連休になると、予定も立て込んでいっそう無視されがちになる。

さらに風見はとっておきの話があるとばかりに続ける。

「実はさ……年末年始の当直はなんと！　特別におせち料理とか、おいしい弁当を出してくれるらしい！」

「そんなのに釣られる人生でいいのか……」

呆《あき》れる朝倉である。

「確かに半額弁当より立派だけど……」

「当直代、使えばいいのに」

清水と沢井もこれには眉をひそめていた。

この反応は風見も予想外であったようだ。ちょっと困った顔をしつつ、頬をかいた。

「本当のところを言うと、親戚に忙しいアピールをするためだけどね」

「会ったときに、忙しいって言うだけでいいんじゃねえの……？」

「親戚中で僕の評判といえば、ずっと働かずに学生をやってた能天気なやつでしかないから、働き始めたら急に偉そうになったって思われるだけだよ。親戚には進学する人がほとんどいない中、学生を長く続けてきたから肩身が狭いんだ」

家庭によっては、大学への進学や学問をすることに価値を見いだされないことも多々ある。

朝倉もそれに近しい環境であり、その意見には同意した。

「まあ、さっさと働けって言われるよな」

「そういうこと。穀潰《ごくつぶ》し扱いだから。……まあ、来年は実家にも帰るよ。いつまでもこだわってられないからね」

二年目になったら、医師としてある程度の方針も見えてくる。プライベートのほうも、ふらふらしていられない。

「そんなわけで、年末年始の空知の平和は僕が守るよ。白衣の戦士隊『ホワイトルーキーズ』は僕を残して、一時解散だ！」

「そりゃ頼もしいな」

「風見くん、体を壊さないようにね！」

「ファイト」

朝倉は上に着ていた長白衣を脱ぐ。数日は、これを着る機会はないだろう。その間に骨休めをしよう。

沢井と目が合うと、彼女は「またね」と小さく告げる。内緒話でもするように。

研修医たちはそれぞれ、以前いた場所に帰っていく。けれど、今の居場所はきっとこの空知総合病院だ。

少し休んだら、来年からはきっと新しい自分になれると信じてここに戻ってくる。そして新しく得た大切な関係も続いていくはず。

朝倉は隣の沢井とともに窓の外を眺める。

すっぽりと雪に覆われた空知の街は晴れ渡り、日の光に照らされて白銀に輝いていた。

〈『ホワイトルーキーズ 3』完〉

ホワイトルーキーズ 3

佐竹《さたけ》アキノリ

2023年1月10日　第1刷発行

発行者　前田起也
発行所　株式会社　主婦の友インフォス
〒101-0052 東京都千代田区神田小川町 3-3
電話／ 03-6273-7850（編集）
発売元　株式会社　主婦の友社
〒141-0021 東京都品川区上大崎 3-1-1 目黒セントラルスクエア
電話／ 03-5280-7551（販売）
印刷所　大日本印刷株式会社

ISBN 978-4-07-454362-5